ゆめ☆かわ ここあのコスメボックス

恋のライバルとファッションショー

伊集院くれあ／著
池田春香／イラスト

★小学館ジュニア文庫★

ゆめ★かわ
ここあのコスメボックス
これまでのおはなし☆
はじめまして 私《わたし》 白鳥《しらとり》ここあ
白《しら》鳥《とり》ここあ
かっこいいと言《い》われちゃうのが悩《なや》みの中学一年生《ちゅうがくいちねんせい》
ある日《ひ》 ゆめ☆かわなコスメボックスから現《あらわ》れた妖精《ようせい》ちぇるし〜に出会《であ》って
ちぇるし〜の不思議《ふしぎ》な魔法《まほう》で 美少女《びしょうじょ》ショコラに変身《へんしん》させてもらったんだ
ショコラ
ちぇるし〜

織田登生《おだとうい》
そして憧《あこが》れのモデルの織田登生《おだとうい》に誘《さそ》われて
人気《にんき》ブランドRipple《リップル》のモデルをすることになったの！
Ripple
モデルの世界《せかい》ってキラキラしていて素敵《すてき》！
かわいい服《ふく》もメイクも　いっぱいできちゃうんだよ

いろんな出会《であ》いもあったよ！
篠《しの》宮《みや》一《いっ》星《せい》
「Ripple《リップル》」の元《もと》カリスマモデル。いまはブランドプレス。
美《み》音《おん》
「Ripple《リップル》」の専属《せんぞく》モデル。ショコラのライバル!?
亜《あ》蓮《れん》
読者《どくしゃ》モデル。ショコラに興味《きょうみ》があるようで…！
そして憧《あこが》れの登生《とうい》と両思《りょうおも》いになれたんだけど
登生《とうい》が好《す》きなのは私《わたし》じゃなくてショコラなんだ…

そんななか　登生《とうい》と昔《むかし》
三角関係《さんかくかんけい》だった
芸能人《げいのうじん》も登場《とうじょう》して
藤田海留《ふじたかいる》
モテモテの
人気《にんき》アイドル。
ちょっとチャラい
性格《せいかく》？
初《はじ》めての
ファッションショー
もあるのに　どうしよう!?
ここあ
がんばって！
桐原愛《きりはらあい》
女優《じょゆう》として活躍中《かつやくちゅう》。
おとなしい人見《ひとみ》知り。
ライバル登場《とうじょう》で、ここあの恋《こい》も
ファッションショーも大《だい》ピンチ!?
物語《ものがたり》のはじまりっ！

Contents
もくじ

Cocoa's cosmetics box

1 ここあ、ファッションショーデビューしちゃいます！

『やっと二人《ふたり》で来《こ》れたな。この桜《さくら》の木《き》……、あの頃《ころ》と同《おな》じだ』
翔真《しょうま》は愛《いと》おしそうに思《おも》い出《で》の桜《さくら》の木《き》に触《ふ》れてから、チコをまっすぐに見《み》た。
『チコ、たくさん泣《な》かせたし、傷《きず》つけたけど、やっぱり俺《おれ》、お前《まえ》じゃなきゃダメだ』
『翔真《しょうま》……！』
約束《やくそく》の桜《さくら》の木《き》の下《した》で、翔真《しょうま》はチコを抱《だ》きしめた。

「ううっ、やっぱり何度《なんど》見《み》ても泣《な》けるよ……！　約束《やくそく》の桜《さくら》の木《き》の下《した》で、やっと二人《ふたり》の想《おも》いが通《つう》じ合《あ》うこの場面《ばめん》、ステキすぎる！」
あふれる涙《なみだ》をティッシュで押《お》さえながら、ずずっと鼻《はな》をすすった。

私《わたし》、白鳥《しらとり》ここあ、中学一年生《ちゅうがくいちねんせい》。空手《からて》が特技《とくぎ》で背《せ》が高《たか》いから、よくかっこいいって言《い》われちゃうけど、中身《なかみ》は恋愛映画《れんあいえいが》が大好《だいす》きな、れっきとした女子《じょし》です！

「ここあ、どうして泣《な》いてるの？　大丈夫《だいじょうぶ》？」

「ちぇるし〜！」

ゆめかわな原宿《はらじゅく》ファッションに、淡《あわ》いピンクとエメラルドグリーンの長《なが》い髪《かみ》の毛《け》をツインテールにした鏡《かがみ》の精《せい》、ちぇるし〜が、あわてて私《わたし》の目《め》の前《まえ》に飛《と》んできた。

「ごめん、映画《えいが》を見《み》て泣《な》いてるだけだから、大丈夫《だいじょうぶ》だよ」

「なあんだ、びっくりしたよ〜」

「ちぇるし〜、いつのまにコスメボックスから出《で》てきたの？」

「ふたが開《あ》きっぱなしだったから、出《で》てきちゃった。でも、まさか映画《えいが》で泣《な》いてたなんてね〜」

「心配《しんぱい》かけてごめんね。この『桜色《さくらいろ》の約束《やくそく》』は、いつ見《み》ても感動《かんどう》して泣《な》けちゃうんだよ！主人公《しゅじんこう》のチコは、どんなことがあっても大好《だいす》きな翔真《しょうま》のことを信《しん》じて、ずっと想《おも》い続《つづ》けるの。翔真《しょうま》もホントにカッコよくて、何度《なんど》チコになりたいと思《おも》ったことか！」

うっとりしていると、ちぇるし～が意地悪《いじわる》そうに言《い》った。

「ここあってば、登生《とうい》っていうステキな彼氏《かれし》がいるのに、いいの～？」

「え？　それとこれとは別《べつ》の話《はなし》だよ！　翔真《しょうま》は映画《えいが》の中《なか》の人物《じんぶつ》だし、もちろん登生《とうい》が一番《いちばん》だからね！」

私《わたし》は顔《かお》を赤《あか》くしながら、あわてて言《い》った。

登生《とうい》は、ティーンズに人気《にんき》のファッションブランド『Ripple《リップル》』の社長《しゃちょう》の息子《むすこ》で、大人気《だいにんき》のメンズモデル。

そんなステキな人《ひと》が私《わたし》の彼氏《かれし》……と言《い》いたいところだけど。

登生《とうい》が好《す》きなのは、ちぇるし～の魔法《まほう》で変身《へんしん》した、ショコラの私《わたし》なの。

ショコラは、本当《ほんとう》の私《わたし》よりもちょっぴり大人《おとな》で、モデルができるほどの美少女《びしょうじょ》。

もちろん登生《とうい》は、ショコラの正体《しょうたい》が中学一年生《ちゅうがくいちねんせい》の白鳥《しらとり》ここあだなんて知《し》らない。

この恋《こい》は、ちぇるし～と私《わたし》だけのヒミツなんだ。

右手《みぎて》の薬指《くすりゆび》にはめた指輪《ゆびわ》に目《め》をやると、薄《うす》い水色《みずいろ》のアクアマリンがきらめいた。

前回《ぜんかい》のお泊《と》まりロケで、登生《とうい》が私《わたし》にプレゼントしてくれたもの。

どんなことがあっても好《す》きでいる、って誓《ちか》ってくれた登生《とうい》の言葉《ことば》を思《おも》い出《だ》して、思《おも》わず一人《ひとり》でニヤニヤしてしまう。

「あれっ、登生《とうい》が映《うつ》ってる？」

ちぇるし～が映画《えいが》を見《み》て、驚《おどろ》いて言《い》った。

「そうだよ。頼《たの》まれて一回《いっかい》だけ映画《えいが》に出《で》たんだって。登生《とうい》の演《えん》じた海斗《かいと》も、翔真《しょうま》に負《ま》けないくらいステキなんだよ！　海斗《かいと》は翔真《しょうま》のライバルなんだけど、大好《だいす》きなチコを優《やさ》しく見《み》守《まも》る登生《とうい》の演技《えんぎ》が、すごくいいんだ！」

「へぇ～。登生《とうい》ってモデルだけじゃなくて、俳優《はいゆう》もできるんだね！」

「そうなの。ホントに登生《とうい》ってすごいよね！　……あ、もう一時《いちじ》？　そろそろ行《い》かなくちゃ」

私《わたし》はＤＶＤ《ディーブイディー》を切《き》って、立《た》ち上《あ》がった。

「ここあ、今日《きょう》はオシャレしてるね？　今《いま》からどこに行《い》くの？」

「春香《はるか》と一緒《いっしょ》にRipple《リップル》のお店《みせ》に行《い》くんだ。この服《ふく》、ショコラの時《とき》にRipple《リップル》の撮影《さつえい》で着《き》たものなんだよ。そのあと気《き》に入《い》って買《か》いに行《い》っちゃった」

「すごくかわいいよ！　なんだか恋《こい》もオシャレも絶好調《ぜっこうちょう》ってカンジだね！」

「えへへ、ありがとう。じゃ、いってくるね！」

「いってらっしゃい！　じゃあ、ちぇるし～も、かわいくなりたい女《おんな》の子《こ》のお手伝《てつだ》いをしてくるね～！」

ちぇるし～がコスメボックスの鏡《かがみ》の中《なか》へと帰《かえ》っていくのを見送《みおく》って、私《わたし》はそっとコスメボックスのふたを閉《し》めた。

「今日《きょう》も暑《あつ》いなぁ……」
夏休《なつやす》みに入《はい》ったのはうれしいけど、朝《あさ》から暑《あつ》くて、一歩《いっぽ》外《そと》に出《で》ればセミの大合唱《だいがっしょう》。
せっかくオシャレしても、駅《えき》まで歩《ある》いたら、汗《あせ》だくだよ。
春香《はるか》と合流《ごうりゅう》して、Ripple《リップル》原宿店《はらじゅくてん》に来《く》ると、お店《みせ》では夏物《なつもの》のセールが始《はじ》まっていて、たくさんのお客《きゃく》さんがいた。

マネキンが着《き》ているデニムのミニスカートを見《み》て、はっとなる。

あれって、前《まえ》に撮影《さつえい》で着《き》た服《ふく》だよね？　なつかしいな。

撮影《さつえい》では、誰《だれ》よりも早《はや》くトレンドの服《ふく》を着《き》ることになるけど、……実《じつ》は、これってすごいことだよね。

「見《み》て！　このワンピース、ここあに似合《にあ》いそうだよ！」

春香《はるか》が差《さ》し出《だ》してくれたのは、スポーティーなロゴ入《い》りの黒《くろ》いT《ティー》シャツワンピース。その上《うえ》に黒《くろ》いチュールワンピースが重《かさ》なってて、透《す》けた感《かん》じがオシャレ。

「これなら私《わたし》でも着《き》れそう！　試着《しちゃく》してみようかな」

「私《わたし》はこのスカートをはいてみるよ。JGC《ジェイジーシー》に着《き》ていく服《ふく》を買《か》っておきたいし」

「JGC《ジェイジーシー》？」

聞《き》きなれない言葉《ことば》に首《くび》をかしげると、春香《はるか》は得意《とくい》げに語《かた》りだした。

「ジャパン・ガールズ・コレクションの略《りゃく》だよ。十代《じゅうだい》二十代《にじゅうだい》の女《おんな》の子《こ》のためのファッションショーなんだ。次《つぎ》のJGC《ジェイジーシー》は八月《はちがつ》の終《お》わりに東京《とうきょう》であるんだけど、私《わたし》、いとこのお姉《ねえ》ちゃんと一緒《いっしょ》に行《い》くことになったんだ！」

「わぁ、いいなぁ！」

「毎回人気《まいかいにんき》ブランドがたくさん出《で》るけど、Ripple《リップル》も出展《しゅってん》してるみたい。動画《どうが》で去年《きょねん》のJG《ジェイジー》C《シー》を見《み》たんだけど、Ripple《リップル》のステージは登生《とうい》くんと美音《みおん》ちゃんが出《で》てたよ」

「へぇ……。Ripple《リップル》のファッションショーかぁ」

「ほかにもね、人気《にんき》モデルがたくさん出《で》るし、ステージの合間《あいま》にはアーティストの歌《うた》やダンスもあるんだって。ちなみに次《つぎ》のJGC《ジェイジーシー》には、『Honey Trap《ハニートラップ》』が出《で》るんだよ！」

「ええっ、ハニトラが出《で》るの？　私《わたし》、本物《ほんもの》の翔真《しょうま》を見《み》てみたい！」

「翔真《しょうま》？　……ああ、『桜色《さくらいろ》の約束《やくそく》』で、藤田海留《ふじたかいる》くんがやってた役《やく》のことだね」

『Honey Trap《ハニートラップ》』、略《りゃく》して『ハニトラ』は、男子六人《だんしろくにん》のアイドルグループ。

その中《なか》には、『桜色《さくらいろ》の約束《やくそく》』で翔真《しょうま》の役《やく》をやった、藤田海留《ふじたかいる》くんがいる。

海留《かいる》くんは、ハニトラの中《なか》でも一番人気《いちばんにんき》がある。

優《やさ》しい瞳《ひとみ》に、きりっとした男《おとこ》らしい眉《まゆ》をした、正統派《せいとうは》イケメンなんだ。

歌《うた》やダンスはもちろん、俳優《はいゆう》としても人気《にんき》があるし、さわやかでトークもうまいから、バラエティにもよく出《で》てる。

「海留《かいる》くん、春《はる》のドラマにも出《で》てたし人気《にんき》あるよね！　まかせて、しっかりこの目《め》に焼《や》き付《つ》けてくるからね！」

「うん。また、話《はなし》聞《き》かせてね」

春香《はるか》と私《わたし》は盛《も》り上《あ》がりながら、また二人《ふたり》で服選《ふくえら》びに戻《もど》った。

「これでいいかなぁ……、でも違《ちが》う気《き》もするし、うーん……」

ベッドの上《うえ》でスマホを見《み》ながら、もう三十分《さんじっぷん》くらい同《おな》じ言葉《ことば》をくり返《かえ》してる。

登生《とうい》とメアドの交換《こうかん》をしてから、登生《とうい》は時々《ときどき》、その日《ひ》あったできごとや、撮影《さつえい》のことを短《みじか》いメールで送《おく》ってくれる。

今日《きょう》こそは、初《はじ》めて自分《じぶん》からメールしてみようって思《おも》ったのに、さっきから文章《ぶんしょう》を作《つく》っては消《け》してのくり返《かえ》しで、ちっとも前《まえ》に進《すす》めない。

「あー、どうしよう！　ちぇるし〜、出《で》てきて！」

私《わたし》はすがるように、脇《わき》に置《お》いてあったコスメボックスを開《ひら》いて、鏡《かがみ》に向《む》かって言《い》った。

すると、鏡《かがみ》が七色《なないろ》に輝《かがや》いて、ちぇるし～が出《で》てきてくれた。

「ここあ、どうしたの～？」

「登生《とうい》にメールしようと思《おも》ったんだけど……、いざ打《う》とうとしたら、なんて打《う》てばいいのか、わかんないよ～。だって、ショコラの学校生活《がっこうせいかつ》とか友達《ともだち》のことを話題《わだい》にできないでしょ？　いきなり『元気《げんき》？』っていうのも変《へん》だし……」

ちぇるし～はスマホの上《うえ》にふわりと舞《ま》い降《お》りると、ニヤッとして言《い》った。

「登生《とうい》のことが気《き》になりすぎて、メールしちゃったって打《う》てば？」

「やだやだ、そんなこと送《おく》れないよ！」

真《ま》っ赤《か》になった私《わたし》を、ちぇるし～はさらにからかってくる。

「いっそ、登生大好《とういだいす》き！　とか送《おく》っちゃえば？」

「ムリムリ!!　絶対《ぜったい》に無理《むり》だよっ！」

「両想《りょうおも》いなのに、なんで無理《むり》なの～？　じゃあ、ちぇるし～が打《う》ってあげるよ」

ちぇるし～が、さっとスマホを私《わたし》から取《と》りあげて、ふわりと高《たか》いところへ飛《と》んでいった。

「お願《ねが》い、スマホを返《かえ》して！」

「ちぇるし〜におまかせ！」

ちぇるし〜が得意《とくい》げに文字《もじ》をタップしようとしたその時《とき》、ブルルッとスマホが震《ふる》えながら着信音《ちゃくしんおん》が鳴《な》りだした。

「きゃっ！」

ちぇるし〜が驚《おどろ》いてスマホを離《はな》したから、落《お》ちてきたスマホをキャッチする。

「よかった！　早《はや》く出《で》なくちゃ……って、登生《とうい》から!?」

登生《とうい》の話《はなし》をしてたから、タイミングがよすぎてビックリした！

「も、もしもし？」

『ショコラ？　今話《いまはな》せる？』

「大丈夫《だいじょうぶ》だよ。……ちょうど登生《とうい》にメールしようかなって思《おも》ってたから、ビックリした」

『俺《おれ》に？　何《なに》かあった？』

「特《とく》に何《なに》もないから、なんてメールしようか悩《なや》んじゃって」

『……なんで悩《なや》むわけ？　ショコラからのメールだったら、俺《おれ》、なんだってうれしいんだけど。おはようとか、おやすみだけでも』

「そう……なの？」

言《い》われて、はっとなる。私《わたし》、何《なに》を悩《なや》んでたんだろう？

私《わたし》だって、登生《とうい》からのメールなら、おはようだけでもすごくうれしいのに。

『……たまには、好《す》きとか入《い》れてくれても、いいんだけど？』

「ええええっ、そんなっ！」

真《ま》っ赤《か》になってあわててる私《わたし》の声《こえ》を聞《き》いて、登生《とうい》はおかしそうに笑《わら》った。

「冗談《じょうだん》だって。けど、ショコラがメールしたい時《とき》に気軽《きがる》に送《おく》ってくれよ。待《ま》ってるから」

「うん」

優《やさ》しい言葉《ことば》に、うれしさと幸《しあわ》せな気持《きも》ちが広《ひろ》がる。

よーし、今夜《こんや》こそ、ぜったいに何《なに》か送《おく》ってみよう！

「でさ、今日《きょう》電話《でんわ》したのは、八月二十六日《はちがつにじゅうろくにち》の日曜日《にちようび》にＪＧＣ《ジェイジーシー》があるんだけど、ショコラも出《で》れないかと思《おも》って」

「ＪＧＣ《ジェイジーシー》って……、もしかしてファッションショーの？」

『ＪＧＣ《ジェイジーシー》のこと知《し》ってた？　毎年《まいとし》Ripple《リップル》はショーに出《で》るんだけど、今年《ことし》はショコラと一緒《いっしょ》にランウェイを歩《ある》きたいんだ。どう、出《で》れる？』

「私《わたし》も出《で》てみたい！　ＪＧＣ《ジェイジーシー》、すごく楽《たの》しそうだし！」

『俺《おれ》も毎回《まいかい》、すっげー楽《たの》しみにしてるんだ！　あの熱気《ねっき》とパワーは、やばいから！　観客《かんきゃく》が三万人《さんまんにん》もいて、盛《も》り上《あ》がらないわけがねーよな！』

「三万人《さんまんにん》!?　ビッグアーティストのコンサートみたい！」

『だろ？　それでショコラには、本番当日《ほんばんとうじつ》と前日《ぜんじつ》のリハに来《き》てほしいんだ。あと、来週《らいしゅう》の土曜日《どようび》の夕方五時《ゆうがたごじ》から打《う》ち合《あ》わせがあるけど……、来《こ》れる？』

来週《らいしゅう》の土曜日《どようび》は、午前中《ごぜんちゅう》に部活《ぶかつ》も終《お》わるし、じゅうぶん間《ま》に合《あ》いそう。

「午後《ごご》は空《あ》いてるから、行《い》けるよ」

『よかった。……ホントのこと言《い》うと、ショコラに少《すこ》しでも会《あ》いたいから、来《き》てくれるとうれしい』

「!!」

ちょっと照《て》れながら言《い》った登生《とうい》の言葉《ことば》に、胸《むね》がキュンとなる。

さっきからずっとドキドキしてるのに、耳元《みみもと》で登生《とうい》の声《こえ》を聞《き》いてると、もっと胸《むね》がいっぱいになって、言葉《ことば》が続《つづ》かなくなっちゃうよ！

いきなり黙《だま》った私《わたし》に、登生《とうい》が心配《しんぱい》そうに聞《き》き返《かえ》した。

『……ショコラは？』

「もちろん、私《わたし》も……会《あ》いたいよ！」

勇気《ゆうき》を出《だ》して言《い》うと、登生《とうい》は明《あか》るく続《つづ》けた。

『よかった。じゃあ、四時半《よじはん》に××駅《えき》に来《こ》れる？　俺《おれ》がタクシーで迎《むか》えに行《い》くから』

「登生《とうい》が来《き》てくれるの？」

駅《えき》で待《ま》ち合《あ》わせなんて、デートみたい！

『ああ。一緒《いっしょ》に行《い》こうな！』

「うん！」

幸《しあわ》せな気持《きも》ちで電話《でんわ》を切《き》ると、ちぇるし～がふわりと私《わたし》の目《め》の前《まえ》に浮《う》かんだ。

「ここあ、すごいね！　ファッションショーに出《で》るって!?」

「そうみたい。私《わたし》もまだ信《しん》じられないんだけど……」

「ファッションショーでランウェイを歩《ある》くなんて、モデルの夢《ゆめ》だよ！　ここあ、がんばってね」

「ありがとう。がんばるよ」

「うん！　あとは登生《とうい》へのメールも、がんばってみたら？」

ちぇるし～がさっとスマホを差《さ》し出《だ》したから、笑顔《えがお》で受《う》け取《と》って、すぐにメールを打《う》ちこんだ。

『JGC《ジェイジーシー》に誘《さそ》ってくれてありがとう。一緒《いっしょ》にがんばろうね』

何度《なんど》も見返《みかえ》してから、思《おも》い切《き》って送信《そうしん》する。

……さすがに『好《す》き』は打《う》てなかったけど。

満足《まんぞく》げに画面《がめん》を見《み》つめていると、すぐにスマホが震《ふる》えた。

えっ、もう登生《とうい》から返信《へんしん》が来《き》たの？

『メール、サンキュー！　がんばろうな！』

ときめくような内容《ないよう》でもない、短《みじか》い文《ぶん》だけど。

「よーし、がんばるぞー！」

一気《いっき》にパワーがわいてきて、私《わたし》はベッドの上《うえ》で拳《こぶし》をつきあげた。

2 『桜色《さくらいろ》』メンバー、勢《せい》ぞろい

そうして打《う》ち合《あ》わせの土曜日《どようび》がやってきた。

登生《とうい》と待《ま》ち合《あ》わせした駅《えき》に着《つ》くと、駅《えき》のトイレに入《はい》って、コスメボックスを開《あ》ける。

「ちぇるし～、ショコラに変身《へんしん》させて！」

すると、キラキラと鏡《かがみ》から七色《なないろ》の光《ひかり》が出《で》てきて、ちぇるし～が現《あらわ》れた。

「オッケ～！　さぁ、今日《きょう》もいくよ～。ちぇるし～の、魔法《まほう》！」

ちぇるし～が大《おお》きなうずまきキャンディを私《わたし》の前《まえ》でくるくると回《まわ》すと、キャンディからカラフルな七色《なないろ》のうずが出《で》てきて、一気《いっき》に私《わたし》を包《つつ》んでいく。

あたりに広《ひろ》がった甘《あま》いキャンディの香《かお》りが消《き》えると、私《わたし》はショコラに変身《へんしん》していた。

「わぁ、かわいい服《ふく》だね！」

今日《きょう》のコーデは、袖《そで》がふんわりした、チェックのオフショルダーのブラウスに、ウエスト部分《ぶぶん》が編《あ》み上《あ》げになっている、デニムのスカート。

「流行《はや》りのギンガムチェックに、オフショルダーが大人《おとな》っぽくていいでしょ?」

「ありがとう!　いってくるね」

「ここあ、がんばってね!」

私《わたし》はコスメボックスを閉《と》じると、駅《えき》へ出《で》て登生《とうい》を探《さが》した。

「ショコラ!」

どこからか聞《き》こえた声《こえ》に、あたりを見回《みまわ》すと、ロータリーで止《と》まっていたタクシーの後部座席《こうぶざせき》から、オシャレなメガネと黒《くろ》いキャップをかぶった登生《とうい》が手招《てまね》きしていた。

「登生《とうい》!」

私《わたし》はタクシーに駆《か》けよると、すぐに後部座席《こうぶざせき》に乗《の》りこんだ。

「代木体育館《よぎたいいくかん》まで」

登生《とうい》がそう告《つ》げると、タクシーは静《しず》かに走《はし》りだした。

今日《きょう》の登生《とうい》は、メガネをかけてるからか、いつもと雰囲気《ふんいき》がちがう。

「あんまり目立《めだ》ちたくなくて、タクシーの中《なか》で待《ま》ってた。俺《おれ》ってわかりにくかった？」

そっか、人気《にんき》モデルの登生《とうい》が駅《えき》で立《た》ってたら、人目《ひとめ》を引《ひ》きすぎちゃうよね。

「いつもとだいぶ雰囲気《ふんいき》がちがうけど……、メガネ、似合《にあ》ってるよ」

「これ、軽《かる》い変装用《へんそうよう》なんだけど、ショコラがそう言《い》うなら、もっとかけよっかな……って、いつもかけてたら変装《へんそう》にならねーか」

登生《とうい》の言葉《ことば》に、思《おも》わず二人《ふたり》で笑《わら》い合《あ》う。

すると、登生《とうい》が私《わたし》の手元《てもと》を見《み》て、優《やさ》しい笑《え》みを浮《う》かべた。

「……その指輪《ゆびわ》、してくれてるんだ？　やっぱりショコラによく似合《にあ》ってる」

「ありがとう。大《だい》のお気《き》に入《い》りだから、大切《たいせつ》に使《つか》ってるよ」

この指輪《ゆびわ》を見《み》るたびに、登生《とうい》の言葉《ことば》が胸《むね》によみがえって、幸《しあわ》せな気持《きも》ちになれるから。

右手《みぎて》の薬指《くすりゆび》の指輪《ゆびわ》を見《み》ながらそっとアクアマリンに触《ふ》れていると、ふいに登生《とうい》がその手《て》を取《と》って、ぎゅっと握《にぎ》ってきた。

「！」

握《にぎ》られた手《て》に、どくんと胸《むね》が鳴《な》った。

ドキドキしながら登生《とうい》をちらっと見《み》ると、登生《とうい》は私《わたし》の手《て》を握《にぎ》りながら、窓《まど》の外《そと》の景色《けしき》をながめていた。

横顔《よこがお》から表情《ひょうじょう》ははっきりと見《み》えないけど、頬《ほお》や耳《みみ》のあたりが、ちょっと赤《あか》い……？

撮影《さつえい》では何度《なんど》も手《て》をつないだけど、こうしてプライベートな時間《じかん》に手《て》をつないでると、本物《ほんもの》の恋人同士《こいびとどうし》みたいでドキドキする。

一回《ひとまわ》り大《おお》きくて温《あたた》かい、大好《だいす》きな登生《とうい》の手《て》。

目的地《もくてきち》に着《つ》くまでの数分《すうふん》のあいだ、私《わたし》たちは黙《だま》ったまま、ずっと手《て》をつないでた。

時々《ときどき》登生《とうい》の横顔《よこがお》をちらっと見《み》ては、こんな幸《しあわ》せがいつまでも続《つづ》きますように、って祈《いの》りながら。


代木体育館《よぎたいいくかん》に着《つ》くと、登生《とうい》は慣《な》れた様子《ようす》で受付《うけつけ》を通《とお》って入《はい》っていく。

「ここが会場《かいじょう》のアリーナだ。当日《とうじつ》は真《ま》ん中《なか》にでっかいランウェイが設置《せっち》されるんだ」

「うそ、こんなに広《ひろ》いところで……!?」

広《ひろ》いアリーナには多《おお》くの人《ひと》が集《あつ》まって、あちこちでミーティングをしている。

「えーっと、Ripple《リップル》はどこかな」

登生《とうい》は人《ひと》をスイスイとかき分《わ》けながら進《すす》んでいき、私《わたし》もはぐれないようについていく。

「登生《とうい》、久《ひさ》しぶり！」

いかにもモデルさんっていう感《かん》じのお姉《ねえ》さんに声《こえ》をかけられて、登生《とうい》は笑顔《えがお》を返《かえ》す。

「リナさん、久《ひさ》しぶり！　この間《あいだ》、雑誌《ざっし》の表紙《ひょうし》に出《で》てたよな？　すげーじゃん」

「見《み》てくれたんだ！　ありがとう。今年《ことし》もＪＧＣ《ジェイジーシー》、がんばろうね」

「ああ」

登生《とうい》は、他《ほか》にもたくさんのモデルさんに話《はな》しかけられていて、やっぱり登生《とうい》って人気《にんき》モデルなんだなって思《おも》う。

その時《とき》、白《しろ》いスタジャンを着《き》た男《おとこ》の人《ひと》が、登生《とうい》に駆《か》けよってきて、親《した》しげに肩《かた》に腕《うで》を回《まわ》した。

「登生《とうい》！」

「海留《かいる》さん!?」

私《わたし》は、はっとして、男《おとこ》の人《ひと》の顔《かお》を見《み》た。

茶色《ちゃいろ》の前髪《まえがみ》の奥《おく》には、キリッとした眉《まゆ》と、整《ととの》って優《やさ》しげな瞳《ひとみ》。

――ハニトラの、藤田海留《ふじたかいる》さん!?

私《わたし》はびっくりしすぎて、声《こえ》が出《で》そうになるのをなんとかこらえながら、登生《とうい》と話《はな》す海留《かいる》さんを見《み》つめた。

何度《なんど》も何度《なんど》も映画《えいが》で見《み》た翔真《しょうま》が、今《いま》、目《め》の前《まえ》にいるんだよ!?

海留《かいる》さんは映画《えいが》の頃《ころ》より、もっとステキになってる!

「一年《いちねん》ぶり！　登生《とうい》、ますます人気《にんき》モデルになったな？　いろんな雑誌《ざっし》で見《み》るよ」

「海留《かいる》さんだって、最近《さいきん》バラエティに出《で》まくりだし！　俺《おれ》、『金曜《きんよう》、あるある委員会《いいんかい》！』が好《す》きで、いつも見《み》てますよ。ドラマも出《で》て、忙《いそが》しそうっすね！」

二人《ふたり》は肩《かた》を組《く》んで、仲良《なかよ》さそうに再会《さいかい》を喜《よろこ》び合《あ》っていた。

「登生《とうい》、あの頃《ころ》より背《せ》が伸《の》びた？　これ以上《いじょう》カッコよくなって、どうすんだよ？」

「ハニトラの海留《かいる》さんには敵《かな》わないっすよ。俺《おれ》、ただのモデルなんで。……海留《かいる》さん、今日《きょう》はスペシャルステージの打《う》ち合《あ》わせに来《き》たんですか？」

「ああ。バラエティの収録《しゅうろく》まで時間《じかん》があったから、ちょっと顔出《かおだ》しておこうかなって。そういえば、愛《あい》も来《き》てるから呼《よ》んでくるよ」

「え？」

登生《とうい》ははっとして、海留《かいる》さんの姿《すがた》を目《め》で追《お》った。

海留《かいる》さんが薄《うす》い水色《みずいろ》のワンピースを着《き》た女《おんな》の子《こ》に声《こえ》をかけると、その子《こ》がこっちを振《ふ》り返《かえ》った。

「うそっ!?」

もしかして、『桜色《さくらいろ》の約束《やくそく》』でチコを演《えん》じた、桐原愛《きりはらあい》さん!?

こんなところで、翔真《しょうま》だけじゃなく、チコにまで会《あ》えるなんて、すごすぎる!!

海留《かいる》さんは、愛《あい》さんを私《わたし》たちのところまで連《つ》れてきた。

映画《えいが》では何度《なんど》も見《み》てるけど、実物《じつぶつ》もビックリするほどかわいかった。

透《す》き通《とお》るように白《しろ》い肌《はだ》、守《まも》ってあげたくなるような、きゃしゃな身体《からだ》、大《おお》きくて潤《うる》んだ瞳《ひとみ》。

超絶美少女《ちょうぜつびしょうじょ》を見《み》て、私《わたし》もドキドキしてくる。

「桜色《さくらいろ》メンバー、一年《いちねん》ぶりに勢《せい》ぞろい、だな？」

海留《かいる》さんが笑《わら》いながら、二人《ふたり》の肩《かた》に手《て》を置《お》いた。

翔真《しょうま》とチコと、海斗《かいと》が目《め》の前《まえ》にいるなんて……、感激《かんげき》して泣《な》きそうだよ!!

すると、海留《かいる》さんが私《わたし》に気《き》づいて、登生《とうい》に声《こえ》をかけた。

「……登生《とうい》、この子《こ》は？」

「ああ、春《はる》からRipple《リップル》で一緒《いっしょ》にモデルやってる、ショコラ」

登生《とうい》に紹介《しょうかい》されて、ドキドキしながら私《わたし》は二人《ふたり》に頭《あたま》を下《さ》げた。

「は、初《はじ》めまして、ショコラです」

「ショコラは二人《ふたり》のこと、映画《えいが》で知《し》ってるんだよな？」

「あのっ、私《わたし》、『桜色《さくらいろ》の約束《やくそく》』が大好《だいす》きで！　もう百回以上《ひゃっかいいじょう》は見《み》てます!!」

憧《あこが》れの二人《ふたり》を前《まえ》に、ぐっと拳《こぶし》を握《にぎ》って熱《あつ》い想《おも》いをぶつけてしまった。

そんな私《わたし》に、海留《かいる》さんは翔真《しょうま》と同《おな》じ笑顔《えがお》で応《こた》えてくれる。

「百回以上《ひゃっかいいじょう》って、すごいな。君《きみ》みたいなかわいい子《こ》に言《い》ってもらえると、うれしいよ」

や、やばいよ！

リアル翔真《しょうま》のスマイルにくらくらしてると、愛《あい》さんがちらっと登生《とうい》を見上《みあ》げて言《い》った。

「登生《とうい》くん……、久《ひさ》しぶりだね」

愛《あい》さんの言葉《ことば》に、登生《とうい》はなぜか、一瞬《いっしゅん》切《せつ》なそうに瞳《ひとみ》を細《ほそ》めた。

「久《ひさ》しぶり、だな。元気《げんき》だった？」

「まぁまぁ、かな。前《まえ》より仕事量《しごとりょう》減《へ》らしてるから」

「……あんまり、無理《むり》すんなよ」

「ありがとう。大丈夫《だいじょうぶ》だよ」

ひかえめに笑《わら》った愛《あい》さんに、登生《とうい》も優《やさ》しく微笑《ほほえ》み返《かえ》す。

そんな二人《ふたり》のやりとりを見《み》ていたら、何《なに》かが心《こころ》に引《ひ》っかかった気《き》がした。

私《わたし》の視線《しせん》に気《き》がついて、愛《あい》さんが私《わたし》を見《み》たから、バチッと目《め》が合《あ》う。

わ、どうしよう、何《なに》か言《い》わないと！

「あの、私《わたし》、チコが大好《だいす》きなんです！　冷《つめ》たくされても、あきらめずに翔真《しょうま》にぶつかっていくチコの姿《すがた》に、何度《なんど》も勇気《ゆうき》づけられたっていうか」

熱《あつ》く語《かた》った私《わたし》に、愛《あい》さんは顔《かお》を赤《あか》くしてうつむくと、やっと聞《き》き取《と》れるくらいの小《ちい》さな声《こえ》で言《い》った。

「私《わたし》はチコを演《えん》じてただけで……。本当《ほんとう》の私《わたし》はチコとは全然《ぜんぜん》ちがうから」

「あ……」

私《わたし》ってバカだな。愛《あい》さんはチコじゃないんだし、こんなこと言《い》われたって困《こま》るよね？

それ以上言葉《いじょうことば》が続《つづ》かなくなった私《わたし》に、海留《かいる》さんが笑《わら》ってフォローしてくれた。

「ショコラちゃん、気《き》にしないでね。愛《あい》は人見知《ひとみし》りが激《はげ》しいうえに、初対面《しょたいめん》の人《ひと》と話《はな》すのが苦手《にがて》なんだ」

海留《かいる》さんの言葉《ことば》に、ちょっとだけほっとすると、登生《とうい》も付《つ》け加《くわ》えた。

「そうそう、慣《な》れてくれれば、ちゃんと話《はな》せるのにな」

二人《ふたり》のフォローに、愛《あい》さんは顔《かお》を赤《あか》くしたままうつむいていた。

その姿《すがた》も、とにかくかわいくて、みんなが愛《あい》さんを守《まも》ってあげたくなるのが、わかる気《き》がする。

そこで、海留《かいる》さんと愛《あい》さんがスタッフの人《ひと》に呼《よ》ばれた。

「じゃ、俺《おれ》たち行《い》ってくるよ。登生《とうい》、またな」

海留《かいる》さんは手《て》を振《ふ》り、愛《あい》さんはペコッと頭《あたま》を下《さ》げて、去《さ》っていった。

「俺《おれ》たちも行《い》こう。ショコラ、待《ま》たせてゴメンな」

「ううん、大好《だいす》きな映画《えいが》の主演二人《しゅえんふたり》に会《あ》えて、すっごくうれしかったよ！」

登生《とうい》が私《わたし》に笑顔《えがお》を返《かえ》してくれると、向《む》こうから高《たか》い声《こえ》が聞《き》こえてきた。

「あっ、やっと登生《とうい》が来《き》たぁ！　美音《みおん》、待《ま》ってたよっ☆」

少《すこ》し離《はな》れた人《ひと》の輪《わ》から、美音《みおん》さんが登生《とうい》めがけて駆《か》けよってきた。

途中《とちゅう》で美音《みおん》さんは隣《となり》にいた私《わたし》に気《き》づいて、一瞬《いっしゅん》おもしろくなさそうな顔《かお》を向《む》けたけど、すぐに笑顔《えがお》に戻《もど》って、

「あれっ？　今年《ことし》はショコラちゃんも出《で》るんだぁ？　ビックリー☆」

もう慣《な》れてきたけど、コロコロ変《か》わる美音《みおん》さんの態度《たいど》と、チクッとくる言葉《ことば》に、思《おも》わず苦笑《にがわら》いした。

「遅《おく》れてごめん。打《う》ち合《あ》わせ、始《はじ》まってる？」

「大丈夫《だいじょうぶ》だよっ。さっき始《はじ》まったところだから。はやく、こっちに来《き》てっ」

美音《みおん》さんは登生《とうい》の腕《うで》に手《て》を回《まわ》して、みんなのところに連《つ》れていく。

私《わたし》はため息《いき》をついて、二人《ふたり》のあとについていこうとすると、

「あいかわらずだねー。登生《とうい》くん取《と》られちゃって、いーの？」

そう後《うし》ろから聞《き》こえてきて、振《ふ》り返《かえ》ると、

「亜蓮《あれん》くん！」

「久《ひさ》しぶりー」

今日《きょう》も亜蓮《あれん》くんは、レディースっぽい、かわいいアイスクリーム柄《がら》のピンクのシャツと、黒《くろ》いハーフパンツを合《あ》わせたジェンダーレスファッションできめてる。長《なが》めの金髪《きんぱつ》をカラーピンで留《と》めてて、かわいい。

「亜蓮《あれん》くんもＪＧＣ《ジェイジーシー》に出《で》るの？」

「そーみたい。先週《せんしゅう》声《こえ》かけてもらったんだー。メンズ着《き》るのかレディースを着《き》るのか、まだわかんないけど。実《じつ》は、ちがうブランドからも声《こえ》かけてもらったんだけど、Ripple《リップル》に出《で》ることにしたんだ。……どうしてか、わかる？」

亜蓮《あれん》くんは意味深《いみしん》な言《い》い方《かた》をして、ニッと笑《わら》った。

「どうしてかって……、やっぱりRipple《リップル》の服《ふく》が好《す》きだから？」

「ハズレー」

「ちがうの？　なんだろう、難《むずか》しいなぁ」

本気《ほんき》でうーんと考《かんが》えてると、亜蓮《あれん》くんはキレイな顔《かお》にいじわるな笑顔《えがお》を浮《う》かべた。

「ねー、ホントはわかってるでしょー」

「え？」

きょとんとしてると、亜蓮《あれん》くんがすっと私《わたし》の右手《みぎて》をとって、

「誰《だれ》かさんがいるから」

「！」

そう言《い》って、グレーの瞳《ひとみ》でまっすぐに見《み》つめてきたから、ドキッとなる。

なんて答《こた》えていいのかわからなくて、見《み》つめ合《あ》ったまま何《なに》も言《い》えずにいると、亜蓮《あれん》くんが私《わたし》の薬指《くすりゆび》の指輪《ゆびわ》に気《き》がついた。

「あれー、これって、もしかして王子《おうじ》からのプレゼントー？」

「えっ」

私《わたし》はかあっと赤《あか》くなって、亜蓮《あれん》くんに握《にぎ》られていた右手《みぎて》を、あわてて引《ひ》っ込《こ》める。

「君《きみ》の趣味《しゅみ》とはちがう気《き》がするしー。あーあ、ボクのイヤリングをしていないってことは、

王子《おうじ》のほうが一歩《いっぽ》リードしちゃってるみたいだねー？」

亜蓮《あれん》くんは、おかしそうに笑《わら》っている。

もう……！　亜蓮《あれん》くんは、どこまで冗談《じょうだん》で、どこまで本気《ほんき》なのか、わかんないよ。

私《わたし》は顔《かお》を赤《あか》くしたまま亜蓮《あれん》くんを見《み》ていると、向《む》こうからRipple《リップル》のカリスマプレス、一《いっ》星《せい》さんの声《こえ》が聞《き》こえてきた。

「行《い》こー。打《う》ち合《あ》わせに来《き》たんでしょ」

亜蓮《あれん》くんに言《い》われて、私《わたし》もRipple《リップル》のミーティングの輪《わ》に加《くわ》わった。


打《う》ち合《あ》わせは、衣装《いしょう》やメイクのイメージと、舞台《ぶたい》の演出《えんしゅつ》の説明《せつめい》をしてから、リハーサルと当日《とうじつ》のおおまかな流《なが》れの確認《かくにん》をして終《お》わった。

登生《とうい》から聞《き》いてはいたけど、だんだんＪＧＣ《ジェイジーシー》の規模《きぼ》の大《おお》きさが伝《つた》わってきて、今《いま》さらだけど、私《わたし》がランウェイを歩《ある》いていいのか心配《しんぱい》になってくる。

学校《がっこう》の発表会《はっぴょうかい》でも緊張《きんちょう》するのに、三万人《さんまんにん》もの観客《かんきゃく》の前《まえ》で失敗《しっぱい》したら、二度《にど》と人前《ひとまえ》に出《で》られないよ！

そんなことを考《かんが》えてたら、後《うし》ろから穏《おだ》やかでよく通《とお》る声《こえ》が聞《き》こえた。

「ショコラさん、今日《きょう》は打《う》ち合《あ》わせに来《き》ていただいて、ありがとうございました」

「一星《いっせい》さん！」

一星《いっせい》さんはプレスっていう広報担当《こうほうたんとう》のスタッフだけど、元Ripple《もとリップル》のカリスマモデルだけあって、立《た》ってるだけで華《はな》がある。

今日《きょう》もオシャレなモノトーンの服《ふく》を上品《じょうひん》に着《き》こなしていて、知《し》らない人《ひと》が見《み》たらモデルだと思《おも》うだろうな。

一星《いっせい》さんは手《て》に大量《たいりょう》の資料《しりょう》を抱《かか》えて、心配《しんぱい》そうに切《き》り出《だ》した。

「JGC《ジェイジーシー》は九時終演予定《くじしゅうえんよてい》ですが、九時《くじ》を少《すこ》しまわるかもしれません。それから帰《かえ》るとなると、おうちの方《ほう》は大丈夫《だいじょうぶ》ですか？」

「あ……」

一星《いっせい》さんには、ショコラは家族《かぞく》に内緒《ないしょ》でモデルやってるって言《い》ってある。

さすがに本当《ほんとう》のことは言《い》えなくて、いつも心配《しんぱい》をかけてしまってる。

「私《わたし》もJGC《ジェイジーシー》に出《で》たいから、家《いえ》の方《ほう》は、なんとかします！」

「そうですか。何《なに》かあれば言《い》ってください。早《はや》めに帰《かえ》れるよう調整《ちょうせい》できるかもしれません」

一星《いっせい》さんは、こうして、いつも私《わたし》を優《やさ》しく気《き》づかってくれるんだよね。

「あの、ひとつ聞《き》きたいんですけど、今回《こんかい》のヘアメイクって、どなたですか？」

私《わたし》のママはメイクアップアーティストで、よくRipple《リップル》の撮影《さつえい》に呼《よ》ばれてる。

夜《よる》も遅《おそ》くなるし、ママがＪＧＣ《ジェイジーシー》にヘアメイクとして来《き》てくれると都合《つごう》がいいんだけどな。

「今回《こんかい》はレイコさんと中村《なかむら》さんにお願《ねが》いしていますよ。……ヘアメイクで、何《なに》か気《き》になることがありましたか？」

一星《いっせい》さんは、突然《とつぜん》の私《わたし》の質問《しつもん》を、不思議《ふしぎ》に思《おも》ったみたい。

「いえ！　レイコさんがヘアメイクだといいなあって思《おも》っただけで」

あわててごまかした私《わたし》に、一星《いっせい》さんは優《やさ》しく微笑《ほほえ》んでくれた。

「わかりますよ。レイコさんはモデルや女優《じょゆう》さんたちに、とても人気《にんき》があるんです」

「レイコさんが？」

「ええ。レイコさんの人柄《ひとがら》でしょうね。聞《き》き上手《じょうず》で、モデルさんたちの緊張《きんちょう》をほぐすのが上手《じょうず》ですし、悩《なや》みを打《う》ち明《あ》けるモデルもたくさんいるようです。実《じつ》はヘアメイクの仕事《しごと》というのは、技術《ぎじゅつ》よりも、モデルとの信頼関係《しんらいかんけい》のほうが大事《だいじ》なんですよ」

「へぇ……」

ママって、すごいヘアメイクさんだったんだ。

いつも忙《いそが》しそうだけど、ママが心《こころ》から仕事《しごと》を楽《たの》しんでるのは、私《わたし》も知《し》ってた。時《とき》には悩《なや》みを聞《き》いたりしながら、モデルや女優《じょゆう》さんたちをキレイにしてあげてるんだね。

「では、次《つぎ》にお会《あ》いするのは二十五日《にじゅうごにち》のリハーサルですね。よろしくお願《ねが》いします」

一星《いっせい》さんは軽《かる》く頭《あたま》を下《さ》げて、去《さ》っていった。

「ショコラ、お疲《つか》れさま」

入《い》れ違《ちが》いに登生《とうい》がやってきたけど、後《うし》ろにはぴったりと美音《みおん》さんがくっついている。

「ショコラは、もう帰《かえ》る？」

「えっと、どうしようかな」

せっかく登生《とうい》に会《あ》えたんだし、もうちょっと一緒《いっしょ》にいたいけど……、美音《みおん》さんが、怖《こわ》い顔《かお》をして私《わたし》をにらんでたから、それ以上何《いじょうなに》も言《い》えなくなってしまった。

「ねー、登生《とうい》！　二人《ふたり》でご飯食《はんた》べに行《い》かなーい？　美音《みおん》お腹《なか》すいちゃったっ☆」

美音《みおん》さんは甘《あま》えた声《こえ》で言《い》いながら、登生《とうい》の腕《うで》にからみつく。

『二人《ふたり》で』ってところが強調《きょうちょう》されてて、私《わたし》は来《く》るなって言《い》われてるよね……。

私《わたし》もこのあと登生《とうい》と二人《ふたり》で過《す》ごしたいって思《おも》ってたのに、美音《みおん》さんに先《さき》を越《こ》されちゃったよ……。

しゅんとしていると、登生《とうい》は申《もう》し訳《わけ》なさそうに言《い》った。

「ごめん、俺《おれ》、先約《せんやく》がある。さっき海留《かいる》さんから、桜色《さくらいろ》のメンバーで久《ひさ》しぶりにご飯《はん》行《い》こうってラインが来《き》て」

「え？」

私《わたし》と美音《みおん》さんは同時《どうじ》に声《こえ》を上《あ》げてしまった。

「桜色《さくらいろ》のメンバーって、藤田海留《ふじたかいる》さんと～？」

「いや、海留《かいる》さんと愛《あい》と三人《さんにん》で。一年《いちねん》ぶりに会《あ》えたから」

すると、美音《みおん》さんの顔《かお》がさっと険《けわ》しいものに変《か》わった。

「愛《あい》って、……もしかして桐原愛《きりはらあい》ちゃんのこと？　どーして愛《あい》ちゃんがいるのっ？」

「秋《あき》に『桜色《さくらいろ》の約束《やくそく》』がドラマになるから、番宣《ばんせん》を兼《か》ねたスペシャルステージをＪＧＣ《ジェイジーシー》でやるんだ。俺《おれ》は出《で》ないけど、ドラマも映画版《えいがばん》と同《おな》じあの二人《ふたり》が主演《しゅえん》だから」

「わざわざＪＧＣ《ジェイジーシー》で番宣《ばんせん》やらなくてもいいのに〜」

「クジテレビはＪＧＣ《ジェイジーシー》のスポンサーだしな。……あと、公式発表《こうしきはっぴょう》はまだだけど、実《じつ》はドラマとRipple《リップル》でコラボ商品《しょうひん》を出《だ》すんだ」

「コラボ商品《しょうひん》っ？」

「ああ。『桜色《さくらいろ》の約束《やくそく》』をイメージしたＴ《ティー》シャツをRipple《リップル》がデザインして、店頭《てんとう》やウェブで販売《はんばい》する。ドラマの中《なか》ではもちろん、今回《こんかい》のＪＧＣ《ジェイジーシー》で、二人《ふたり》はそのＴ《ティー》シャツを着《き》てくれるって」

生《い》き生《い》きと語《かた》る登生《とうい》に、横《よこ》から亜蓮《あれん》くんも加《くわ》わった。

「ふーん、ドラマとのコラボ商品《しょうひん》って、注目度《ちゅうもくど》上《あ》がるよね？　売《う》れそー」

「だろ？　打《う》ち合《あ》わせもしたいし、今《いま》から行《い》ってくるよ。……ショコラ、帰《かえ》りは駅《えき》まで送《おく》っていけないけど、大丈夫《だいじょうぶ》か？」

ちょっとがっかりだけど、そういう事情《じじょう》ならしかたないよね。

「大丈夫《だいじょうぶ》だよ。歩《ある》ける距離《きょり》だし。いってらっしゃい」

「じゃ、みんな、またな！」

軽《かる》く手《て》を振《ふ》ると、登生《とうい》は走《はし》っていってしまった。

その姿《すがた》を寂《さび》しい思《おも》いで見《み》つめていたら、隣《となり》からブツブツつぶやく声《こえ》が聞《き》こえてきた。

「……どうして今《いま》さら、あの子《こ》が出《で》てくるの……？」

「美音《みおん》さん？」

低《ひく》くて恨《うら》めしい美音《みおん》さんの声《こえ》に、ただ事《ごと》でないことが伝《つた》わってくる。

「しかも、モデルでもないのに、スペシャルステージでRipple《リップル》の服《ふく》を着《き》てランウェイを歩《ある》くって……」

美音《みおん》さんはぎゅっと唇《くちびる》をかみしめて、いきなり私《わたし》の肩《かた》をつかんできた。

「ショコラちゃん、モデルでもない人《ひと》たちの、番宣《ばんせん》のステージなんかに負《ま》けたくないよねっ!? こうなったら絶対《ぜったい》にそのステージよりもRipple《リップル》のステージを盛《も》り上《あ》げてみせるんだから！　わかった？　ショコラちゃん！」

「え？」

前《まえ》のめりになって熱《あつ》く語《かた》る美音《みおん》さんに、私《わたし》は目《め》をぱちくりさせた。

「JGC《ジェイジーシー》で大事《だいじ》なのは、いかに会場《かいじょう》を沸《わ》かせられるかだよっ！　歓声《かんせい》の大《おお》きさイコール人《にん》気度《きど》。桐原愛《きりはらあい》には、ぜったいに負《ま》けないからっ！」

「美音《みおん》さん……？」

どうしてそんなに勝《か》ちたいのかな？

登生《とうい》に甘《あま》えていた時《とき》とのギャップにびっくりしていると、亜蓮《あれん》くんが腕《うで》を抱《かか》えてぶるっとしてみせた。

「美音《みおん》ちゃん、こわー。本性丸出《ほんしょうまるだ》しになっちゃってるよー？」

「もう登生《とうい》もいないし、いいのっ！　亜蓮《あれん》の前《まえ》でかわいこぶっても、しかたないしっ」

美音《みおん》さんは開《ひら》き直《なお》って言《い》い返《かえ》した。

「やだー、あざとい肉食女子《にくしょくじょし》の裏《うら》の顔《かお》ってやつ？」

「亜蓮《あれん》、うるさいよっ！　とにかく、桐原愛《きりはらあい》だけには負《ま》けられないの！　亜蓮《あれん》はともかく、ショコラちゃんも下手《へた》なウォーキングで、Ripple《リップル》のステージを盛《も》り下《さ》げないでよっ？」

「歩《ある》くのに上手《じょうず》や下手《へた》ってあるの？」

なにげなく聞《き》いた私《わたし》の言葉《ことば》に、二人《ふたり》は固《かた》まって、顔《かお》を見合《みあ》わせた。

「……まさかショコラちゃん、ウォーキングの練習《れんしゅう》したことない、とか言《い》わないよね？」

「歩《ある》くのに、練習《れんしゅう》がいるの？」

首《くび》をかしげた私《わたし》に、

「そこから説明《せつめい》するレベルなんだー？　……っていうか、登生《とうい》くんも、よくそんな子《こ》をJ《ジェイ》GC《ジーシー》に誘《さそ》うよねー？」

亜蓮《あれん》くんは爆笑《ばくしょう》している。

ちょっと待《ま》って、私《わたし》、そんなにマズイ状況《じょうきょう》なの？

怖《こわ》くなって、美音《みおん》さんをチラッと見《み》ると、美音《みおん》さんは怒《いか》りで震《ふる》える拳《こぶし》をぎゅっと握《にぎ》っている。

やがて美音《みおん》さんは大《おお》きく息《いき》をつくと、キッと私《わたし》をにらんで、言《い》い放《はな》った。

「……わかった。こうなったら、美音《みおん》が今《いま》からウォーキングのコツを、徹底的《てっていてき》に仕込《しこ》むから！　覚悟《かくご》してよっ!?」

私《わたし》はごくりとつばを飲《の》みこんで、うなずくことしかできなかった。

3 リアル翔真《しょうま》にドキドキです

「素人《しろうと》だとは思《おも》ってたけど、まさかモデルウォークもできないなんて、ビックリすぎっ！」

美音《みおん》さんの言葉《ことば》がぐさっと胸《むね》に刺《さ》さるけど、そのとおりで返《かえ》す言葉《ことば》もない。

私《わたし》たちは、ウォーキングのレッスンをするためにアリーナを出《で》て、階段《かいだん》で二階《にかい》へと上《あ》がった。

二階《にかい》には客席《きゃくせき》の出入《でい》り口《ぐち》がいくつもあって、幅《はば》の広《ひろ》い通路《つうろ》が続《つづ》いている。

「ここなら人《ひと》も少《すく》ないし、通路《つうろ》が長《なが》いから、ウォーキングしやすいでしょ」

亜蓮《あれん》くんも、おもしろそうだからって、付《つ》き合《あ》ってくれてる。

「亜蓮《あれん》くんは読《どく》モだけど、モデルのウォーキングできるの？」

「当《あ》たりまえー。事務所《じむしょ》からモデルやるならウォーキングのレッスンは受《う》けろって言《い》われて、一通《ひととお》りは習《なら》ったよー？　実際《じっさい》にランウェイ歩《ある》くのは初《はじ》めてだけどねー」

「そう、なんだ……」

やっぱりモデルにとって、ウォーキングはできて当《あ》たり前《まえ》なんだね。

「じゃあ、基本《きほん》の基本《きほん》から。まずは立《た》った時《とき》の姿勢《しせい》からだよ。ショコラちゃん、そこの壁《かべ》にかかとをつけて立《た》ってみて」

私《わたし》は壁《かべ》にかかとをくっつけると、

「そのまま、ふくらはぎ、おしり、肩甲骨《けんこうこつ》、後頭部《こうとうぶ》を壁《かべ》につけて」

順番《じゅんばん》につけていくと、姿勢《しせい》がピンとしていくのがわかる。

「もうちょっとアゴを引《ひ》いてみて。腰《こし》が反《そ》りすぎてるよ。壁《かべ》と背中《せなか》のあいだには手《て》のひら一枚半《いちまいはん》くらいの隙間《すきま》がちょうどいいの」

美音《みおん》さんは、前《まえ》から、横《よこ》から私《わたし》の姿勢《しせい》を細《こま》かくチェックする。

「横《よこ》から見《み》た時《とき》に、耳《みみ》、肩《かた》、中指《なかゆび》、くるぶしが縦《たて》に一直線《いっちょくせん》になってればOK《オーケー》だよっ。さぁ、今《いま》の姿勢《しせい》を覚《おぼ》えておいて、次《つぎ》は壁《かべ》なしで立《た》ってみて」

なるべく姿勢《しせい》をキープしたまま、一歩前《いっぽまえ》に出《で》る。

「一本《いっぽん》の糸《いと》で天井《てんじょう》から吊《つ》るされてる……っていうイメージで」

正《ただ》しい姿勢《しせい》で立《た》つと、胸《むね》を張《は》っているせいか、いつもより堂々《どうどう》とした気持《きも》ちになって、見《み》える景色《けしき》まで変《か》わってくるよ！

「へー、いーんじゃない？」

黙《だま》って見《み》ていた亜蓮《あれん》くんが、感心《かんしん》して言《い》った。

「この私《わたし》が一《いち》から教《おし》えてるんだから、当然《とうぜん》でしょっ？　っていうか、今《いま》からやっとウォーキングに入《はい》るんだからねっ？　さっさと次行《つぎい》くよっ！」

「はい！」

「女《おんな》の子《こ》のウォーキングは、基本《きほん》、高《たか》いヒールをはくことを前提《ぜんてい》としてるの。とりあえず今《いま》はいてるサンダルでいいから、試《ため》しにまっすぐ歩《ある》いてみて」

私《わたし》は前《まえ》を向《む》いて、一歩《いっぽ》ずつ丁寧《ていねい》に歩《ある》いてみたけど、すぐに美音《みおん》さんの厳《きび》しい声《こえ》が飛《と》んできた。

「全然《ぜんぜん》ダメ！　歩《ある》くたびに膝《ひざ》が曲《ま》がって、カッコ悪《わる》すぎだよっ！」

「えっ？」

美音《みおん》さんは私《わたし》の前《まえ》に来《く》ると、腰《こし》のあたりに手《て》を当《あ》てた。

「ヒールで歩《ある》く時《とき》は足《あし》だけで歩《ある》こうとしないで。腰《こし》からが足《あし》だと思《おも》って、腰《こし》を前《まえ》に前《まえ》に出《だ》していくの」

「腰《こし》を出《だ》す……？」

「イメージとしては、骨盤《こつばん》の後《うし》ろから、大《おお》きな力《ちから》でぐーっと押《お》されて進《すす》む感《かん》じだよっ」

腰《こし》から前《まえ》に出《だ》すイメージで歩《ある》いてみると、さっきよりも軽《かろ》やかに足《あし》が出《で》て、胸《むね》を張《は》って歩《ある》けるよ！

「それがわかったら、なるべく膝《ひざ》を伸《の》ばしたまま、内《うち》ももをこするようにして、足《あし》を交差《こうさ》させて歩《ある》いていくの。見《み》てて」

美音《みおん》さんは、私《わたし》の前《まえ》で見本《みほん》を見《み》せてくれた。

きちんとした立《た》ち姿《すがた》、膝《ひざ》を伸《の》ばしたまま、足《あし》をクロスさせながら歩《ある》く姿《すがた》は、ファッションショーのモデルそのものだった。

「美音《みおん》さん、すごい……！」

「へー、こうして見《み》ると、美音《みおん》ちゃんってプロだったんだねー」

「プロに決《き》まってるでしょっ！　さぁ、ショコラちゃん、すぐにやってみて！」

「は、はい！」

ここからさらに、美音《みおん》さんのレッスンはヒートアップして、私《わたし》は長《なが》い通路《つうろ》をひたすらモデルウォークで行《い》ったり来《き》たりするのをくり返《かえ》した。


「あっ、もう七時《しちじ》？　美音《みおん》、行《い》かなくちゃ！」

美音《みおん》さんは腕時計《うでどけい》を見《み》て、あわてて帰《かえ》り支度《じたく》を始《はじ》めた。

「とりあえずこれで、恥《はじ》をかかない程度《ていど》にランウェイを歩《ある》けるはず……ああっ、そういえば、ポージングのこと、忘《わす》れてたよっ！」

「ポージング？」

「ランウェイの一番先《いちばんさき》まで行《い》ったら、止《と》まってポーズをとるの！　たとえば、こんなふうに」

美音《みおん》さんは、腰《こし》に手《て》を当《あ》ててモデル立《だ》ちをすると、人差《ひとさ》し指《ゆび》を唇《くちびる》に当《あ》てて、小《ちい》さくウインクをした。

I Love SWEETS

「わぁ、すごい！」

「今《いま》のはただの一例《いちれい》。立《た》ち姿《すがた》、表情《ひょうじょう》、手《て》の動《うご》き、これらを組《く》み合《あ》わせて、みんな自分《じぶん》なりのポーズを作《つく》るの。ポージングは、着《き》る服《ふく》やブランドイメージによって変《か》わるけど、ショコラちゃんも自分《じぶん》だけのポーズを考《かんが》えておいてよっ？」

「自分《じぶん》だけのポーズ……」

難《むずか》しそうだけど、本番《ほんばん》までに、がんばって考《かんが》えなくちゃ。

「じゃあショコラちゃん、本番《ほんばん》まで三週間《さんしゅうかん》もあるんだから、毎日《まいにち》ウォーキングの練習《れんしゅう》しておいてよっ？　じゃあね☆」

「美音《みおん》さん、レッスンしてくれて、ありがとうございました！」

「別《べつ》にショコラちゃんのためじゃないし。桐原愛《きりはらあい》に負《ま》けたくないだけだから」

「美音《みおん》さんは、どうして愛《あい》さんに勝《か》ちたいんですか？」

美音《みおん》さんは一瞬何《いっしゅんなに》かを言《い》いかけて、言葉《ことば》をにごした。

「……それはいいからっ。とにかく今《いま》はRipple《リップル》のステージを成功《せいこう》させることだけ考《かんが》えて！」

「はい！」

「さーて、おもしろいものも見《み》せてもらったし、ボクも帰《かえ》るねー」

亜蓮《あれん》くんもリュックを背負《せお》って、帰《かえ》っていった。

一人《ひとり》になって、美音《みおん》さんに教《おし》えてもらったことを思《おも》い出《だ》しながら練習《れんしゅう》していると、誰《だれ》かが階段《かいだん》を駆《か》け上《あ》がってきた。

「……海留《かいる》さん？」

私《わたし》の声《こえ》に気《き》づいて、海留《かいる》さんが、にこっと笑顔《えがお》を返《かえ》してくれた。

「ショコラちゃん、だっけ？　まだいたんだね」

テレビで見《み》るのと同《おな》じ、さわやかな笑顔《えがお》！

「私《わたし》、新人《しんじん》モデルだからウォーキングが下手《へた》で、ずっと練習《れんしゅう》してました」

「打《う》ち合《あ》わせ終《お》わってから、今《いま》まで？」

「はい」

あれ、そういえば海留《かいる》さんって、登生《とうい》や愛《あい》さんとご飯《はん》食《た》べに行《い》ってたんだよね？

けど、戻《もど》ってきたってことは、もう終《お》わったんだ。

「ショコラちゃんって、練習熱心《れんしゅうねっしん》でえらいね」

「いえ、私《わたし》がちゃんとできてないから……」

海留《かいる》さんの優《やさ》しい笑顔《えがお》に、胸《むね》がドキドキしてくる。

海留《かいる》さんって、テレビでのイメージどおり、本人《ほんにん》も王子様《おうじさま》キャラなんだなぁ。

「そういえば、ショコラちゃんって『桜色《さくらいろ》の約束《やくそく》』が好《す》きで、何度《なんど》も見《み》てくれたんだよね？　よかったら撮影中《さつえいちゅう》の裏話《うらばなし》をしてあげようか？」

「裏話《うらばなし》!?　すごく、すごく聞《き》きたいですっ！」

翔真《しょうま》から撮影《さつえい》の裏話《うらばなし》が聞《き》けるなんて、こんなチャンス、二度《にど》とないよ！

「そんなに喜《よろこ》んでくれると、話《はな》しがいがあるな。じゃ、あそこに座《すわ》ろう」

「はい！」

そう言《い》って、通路《つうろ》の奥《おく》にある自販機《じはんき》の前《まえ》の長椅子《ながいす》を指差《ゆびさ》したから、私《わたし》はウキウキとそこに向《む》かって歩《ある》き出《だ》した。

「……俺《おれ》、桜《さくら》の咲《さ》く頃《ころ》が花粉症《かふんしょう》のピークなんだよね。翔真《しょうま》とチコが再会《さいかい》してすぐ、チコに約束《やくそく》の桜《さくら》の木《き》を見《み》に行《い》こうって誘《さそ》われるけど、翔真《しょうま》が断《ことわ》るシーン、わかるかな？」

「もちろん、わかります！」

「あの時《とき》、頭《あたま》の中《なか》では『うわ、くしゃみ出《で》そう、ヤバイ、ヤバイ！』とか思《おも》いながら演技《えんぎ》してたんだけど、監督《かんとく》は『今《いま》の表情《ひょうじょう》、微妙《びみょう》な心情《しんじょう》が出《で》ててよかったよ』とか言《い》うわけ。ただクシャミ我慢《がまん》してただけです、なんて言《い》えなかったなー」

「えーっ、まさか翔真《しょうま》がそんなこと思《おも》ってたなんて……！」

大好《だいす》きな映画《えいが》の裏話《うらばなし》が、どれもおもしろくて、私《わたし》は海留《かいる》さんの話《はなし》に笑《わら》いっぱなしだった。

海留《かいる》さんはとっても話《はな》し上手《じょうず》で、バラエティ番組《ばんぐみ》によく出《で》てるのも、わかるな。

「あと、チコが不良《ふりょう》にからまれて、翔真《しょうま》が助《たす》けに行《い》って殴《なぐ》られるシーン、わかる？」

「あの場面《ばめん》、すっごく、カッコよかったです！」

「あれもいろいろあったんだよね。事前《じぜん》に不良役《ふりょうやく》の子《こ》と、まず右《みぎ》の頬《ほお》を殴《なぐ》ってから、左《ひだり》を殴《なぐ》るっていう打《う》ち合《あ》わせをしておくわけ。でも、いざ本番《ほんばん》になったら、不良役《ふりょうやく》の子《こ》がまちがえて、左《ひだり》から殴《なぐ》ってきたんだよ。俺《おれ》は右《みぎ》から来《く》ると思《おも》ってたから、わざわざ当《あ》たりにいくような形《かたち》になっちゃって、あのシーンだけは、俺《おれ》ホントに殴《なぐ》られてるんだ」

「えーっ！」

「幸《さいわ》いアザにならずにすんだけど、一応《いちおう》アイドルやってるし、ヒヤヒヤしたよ。けど、監《かん》督《とく》はいいのが撮《と》れたって、そのまま採用《さいよう》。ある意味《いみ》、すごくリアルなシーンだよね。俺《おれ》の痛《いた》みと引《ひ》きかえに」

海留《かいる》さんは左《ひだり》の頬《ほお》を指《ゆび》でつついて、苦笑《にがわら》いをした。

「これからそのシーンを見《み》るたびに、思《おも》い出《だ》しそうです……」

私《わたし》たちは二人《ふたり》で笑《わら》い合《あ》った。

「……ショコラちゃんって、本当《ほんとう》に映画《えいが》のことよく知《し》ってるね」

「はい！　私《わたし》、恋愛映画《れんあいえいが》が大好《だいす》きなんですけど、『桜色《さくらいろ》の約束《やくそく》』が一番好《いちばんす》きなんです！」

「すごくうれしいな。……じゃあ、翔真《しょうま》のことも好《す》きになってくれた？」

「もちろんです！　いつか翔真《しょうま》みたいなカッコいい人《ひと》と恋愛《れんあい》したいなって、そればっかり思《おも》って見《み》てました！」

「意外《いがい》だな。ショコラちゃんってかわいいから、恋愛《れんあい》たくさんしてるでしょ？」

「とんでもないです！　恋愛映画《れんあいえいが》見《み》て、憧《あこが》れてるばっかりで」

今《いま》は登生《とうい》っていう素敵《すてき》な人《ひと》と出会《であ》って、リアルに恋愛《れんあい》してるけど……、それはナイショだから。

「へぇー。ショコラちゃん、かわいいのにピュアなんだ。……俺《おれ》、けっこうタイプかも」

「えっ!?」

さらっと笑顔《えがお》で言《い》われたけど、……今《いま》、タイプかもって言《い》った？

かあっと顔《かお》が赤《あか》くなってしまう。

「その反応《はんのう》、かわいいな」

「か、からかわないでください！」

翔真《しょうま》の顔《かお》で言《い》われたら、ドキドキしちゃうよ！

だって登生《とうい》と出会《であ》うまで、翔真《しょうま》はずっと私《わたし》の妄想彼氏《もうそうかれし》だったんだから！

すると、海留《かいる》さんが、いきなり声《こえ》のトーンをかえて話《はな》しだした。

『……ホントは好《す》きだった。けど、好《す》きな分《ぶん》だけ怖《こわ》かった。きっとチコはもう俺《おれ》のことなんか忘《わす》れて、ちがう誰《だれ》かの隣《となり》にいるんだろうって思《おも》ってた』

「……あっ、もしかして！」

映画《えいが》のクライマックス。翔真《しょうま》がチコに本当《ほんとう》の気持《きも》ちを打《う》ち明《あ》ける、一番好《いちばんす》きなシーン。

目《め》の前《まえ》で翔真《しょうま》を演《えん》じてもらえるなんて、感動《かんどう》……!!

海留《かいる》さんは、翔真《しょうま》の表情《ひょうじょう》で、私《わたし》をじっと見《み》つめてきたから、チコになったみたいで胸《むね》のドキドキが止《と》まらない。

海留《かいる》さんは、映画《えいが》と同《おな》じように、頬《ほお》にそっと触《ふ》れてきて、まっすぐに見《み》つめてくる。

『もう俺《おれ》は自分《じぶん》に嘘《うそ》をつかない。俺《おれ》が好《す》きなのは……』

「え？」

ちょっと待《ま》って、たしかこのあと映画《えいが》では翔真《しょうま》とチコがキスをするんだけど……、と思《おも》ってるのと、海留《かいる》さんの顔《かお》がゆっくりと近《ちか》づいてくるのが同時《どうじ》だった。

「あのっ……」

離《はな》れなくちゃ、って思《おも》ってるのに、映画《えいが》の中《なか》に入《はい》りこんでしまっているみたいに、身体《からだ》が動《うご》かない。

海留《かいる》さんの顔《かお》が近《ちか》づいてくるのを、ドキドキしながら見《み》ていると、

「海留《かいる》！　こんなところで何《なに》やってるんだ！」

その声《こえ》にハッとして振《ふ》り返《かえ》ると、スーツ姿《すがた》の男性《だんせい》が立《た》っていた。

海留《かいる》さんはちっと舌《した》を鳴《な》らして、私《わたし》から離《はな》れた。

「……星野《ほしの》さん、お迎《むか》えちょっと早《はや》くない？」

「ちょっと目《め》を離《はな》した隙《すき》に、お前《まえ》って奴《やつ》はまた……！　次《つぎ》にスキャンダルを起《お》こしたら、クビになるかもだぞ」

「はいはい、すいませんねー」

もしかして、海留《かいる》さんのマネージャーさん、なのかな？

「トップアイドルとしての自覚《じかく》があるのか。スキャンダルは命取《いのちと》りだぞ。よくもまぁ次《つぎ》から次《つぎ》へと……」

海留《かいる》さんはマネージャーさんのお小言《こごと》を聞《き》き流《なが》して、そばに置《お》いていたスタジャンを手《て》にとって立《た》ち上《あ》がった。

もしかして、海留《かいる》さんって、よくこうして女《おんな》の子《こ》を口説《くど》いたりしてるの？

するとマネージャーさんは、私《わたし》に目線《めせん》を移《うつ》すと、ジャケットの胸《むね》ポケットからさっと名《めい》刺《し》を取《と》り出《だ》し、差《さ》し出《だ》した。

「私《わたくし》、Honey《ハニー》 Trap《トラップ》のマネージャーの星野《ほしの》と申《もう》します。時間《じかん》がないので単刀直入《たんとうちょくにゅう》にお聞《き》きしますが、うちの藤田《ふじた》とはどのようなご関係《かんけい》で？」

「どのようなって、海留《かいる》さんとは今日会《きょうあ》ったばかりで、関係《かんけい》も何《なに》も」

その言葉《ことば》に星野《ほしの》さんは、短《みじか》いため息《いき》をついた。

「失礼《しつれい》ですが、お名前《なまえ》と所属事務所《しょぞくじむしょ》を伺《うかが》ってもよろしいですか。万一《まんいち》の時《とき》にお話《はな》しさせていただくかもしれませんし」

「名前《なまえ》はショコラです。私《わたし》、Ripple《リップル》のモデルをやってますけど、事務所《じむしょ》には入《はい》ってないので」

「一般《いっぱん》の方《かた》でしたか……。うちの藤田《ふじた》が大変失礼《たいへんしつれい》しました。先《さき》ほどのことは、どうか他言《たごん》なされぬよう、この場《ば》でお約束《やくそく》いただけませんか」

マネージャーさんに深《ふか》く頭《あたま》を下《さ》げられて、私《わたし》はあわてて言《い》った。

「私《わたし》、誰《だれ》にも言《い》いませんから！　私《わたし》だってうわさになったら困《こま》るし……」

「それを聞《き》いて安心《あんしん》しました。さぁ海留《かいる》、行《い》くぞ。バラエティの収録《しゅうろく》に遅《おく》れそうだ」

星野《ほしの》さんは腕時計《うでどけい》を見《み》て、すぐに階段《かいだん》の方《ほう》へと歩《ある》き出《だ》した。

「じゃ、ショコラちゃん、またリハーサルでね……と、そうだ、お詫《わ》びにもう一《ひと》つ、とっておきの裏話《うらばなし》をしてあげようか」

「えっ？」

海留《かいる》さんは、先《さき》に歩《ある》いていったマネージャーさんの目《め》を盗《ぬす》んで私《わたし》に駆《か》けよると、こそっと耳元《みみもと》で打《う》ち明《あ》けた。

「映画《えいが》を撮影《さつえい》してた頃《ころ》、俺《おれ》たちはね、映画《えいが》と同《おな》じく、リアルに三角関係《さんかくかんけい》だったんだよ」

「三角関係《さんかくかんけい》って……？」

私《わたし》は海留《かいる》さんを見上《みあ》げたまま、動《うご》けなくなった。

そんな私《わたし》を、海留《かいる》さんはおもしろそうに見《み》ていたけど。

「海留《かいる》！　早《はや》く来《き》なさい」

マネージャーさんが、向《む》こうから大《おお》きな声《こえ》で呼《よ》んだ。

「じゃあね」

明《あか》るく言《い》った海留《かいる》さんに、手《て》を振《ふ》り返《かえ》す余裕《よゆう》もなくて、私《わたし》はしばらくのあいだ、立《た》ちつくしていた。

4 愛《あい》さんの告白《こくはく》

家《いえ》に帰《かえ》っても、海留《かいる》さんの言葉《ことば》が頭《あたま》から離《はな》れない。
映画《えいが》と同《おな》じ三角関係《さんかくかんけい》って、海留《かいる》さんと登生《とうい》が、愛《あい》さんを好《す》きだったってことだよね？
登生《とうい》が愛《あい》さんを好《す》きだったなんて……。
でも、愛《あい》さんはあんなにかわいいんだから、一緒《いっしょ》にいたら好《す》きになっちゃうよね？
もしかして、付《つ》き合《あ》ったりしてたのかな。
「あー、誰《だれ》か教《おし》えてよー！」
一年前《いちねんまえ》のことだけど、気《き》になりすぎるよ！
気持《きも》ちを整理《せいり》するために、私《わたし》は、『桜色《さくらいろ》の約束《やくそく》』のDVD《ディーブイディー》を流《なが》し始《はじ》めた。
画面《がめん》にチコと翔真《しょうま》が映《うつ》る。しばらくして海斗《かいと》も出《で》てきた。

映画《えいが》を見《み》るたびにキュンキュンしてたのに、今《いま》はこの三人《さんにん》が、愛《あい》さんと海留《かいる》さんと登生《とうい》にしか見《み》えなくて、見《み》てても、もやもやした気持《きも》ちが広《ひろ》がるだけだった。

私《わたし》は、机《つくえ》に置《お》いてあったコスメボックスを開《あ》けて、ちぇるし～を呼《よ》んだ。

「ちぇるし～。いる？」

鏡《かがみ》が七色《なないろ》に光《ひか》って、ちぇるし～がふわりと鏡《かがみ》から出《で》てきた。

「ここあ、おかえり～！　今日《きょう》は久《ひさ》しぶりに登生《とうい》に会《あ》えてどうだった～？」

明《あか》るいちぇるし～の言葉《ことば》とは反対《はんたい》に、私《わたし》は暗《くら》いため息《いき》をついた。

「……それが、いろいろあってさ。今日《きょう》の打《う》ち合《あ》わせでね、『桜色《さくらいろ》の約束《やくそく》』のチコと翔真《しょうま》の二人《ふたり》に会《あ》えてすごくうれしかったんだけど、翔真《しょうま》を演《えん》じた海留《かいる》さんにね……その、キスされそうになったりして」

「ええええっ？　キスって、どーゆーこと⁉」

「待《ま》って、されそうになっただけで、ホントにはしてないよ！　……しかも海留《かいる》さんって、私以外《わたしいがい》の女《おんな》の子《こ》にも、よくそういうことしてるみたいだったし。でね、今悩《いまなや》んでるのはそのことじゃなくて……映画《えいが》の撮影《さつえい》をしてた頃《ころ》、登生《とうい》と愛《あい》さんと海留《かいる》さんが三角関係《さんかくかんけい》だったって聞《き》いちゃったんだ。一年前《いちねんまえ》、登生《とうい》は愛《あい》さんのことが好《す》きだったみたい」

「三角関係《さんかくかんけい》……？」

「今日《きょう》もね、愛《あい》さんと会《あ》った時《とき》の登生《とうい》は、いつもと様子《ようす》がちがったんだ。打《う》ち合《あ》わせのあとも、三人《さんにん》でご飯《はん》に行《い》っちゃったし、もしかしたら、登生《とうい》はまだ愛《あい》さんのことが好《す》きだったりするのかなって」

「うーん、でも、それって昔《むかし》のことでしょ？　今《いま》の登生《とうい》はショコラのことが好《す》きなんだし、気《き》にしなくていいんじゃない？」

「そう信《しん》じたいけど、不安《ふあん》になっちゃうよ。だって、愛《あい》さんって、ホントにかわいいんだよ！　映画《えいが》でも、海斗《かいと》がチコに告白《こくはく》するシーン、すごく気持《きも》ちがこもってるんだよね。あれって、登生《とうい》の本当《ほんとう》の気持《きも》ちだったのかもしれない」

「ここあ、考《かんが》えすぎだよ〜」

考《かんが》えれば考《かんが》えるほど、どんどん不安《ふあん》は広《ひろ》がってしまって。

よくないってわかってても、止《と》まらないよ……。

その時《とき》、スマホが鳴《な》った。

「えっ、登生《とうい》から!?　……もしもし？」

『ショコラ？　今日《きょう》はお疲《つか》れさま。帰《かえ》り際《ぎわ》にバタバタして、ゴメンな。ゆっくり話《はな》せなくて』

私《わたし》のこと、気《き》にしてくれてたんだ。うれしくなって、声《こえ》も明《あか》るくなる。

「ううん、登生《とうい》は約束《やくそく》があったから、しかたないよ。あれから美音《みおん》さんがウォーキングのやり方《かた》を教《おし》えてくれたんだ。私《わたし》、何《なに》も知《し》らなくて、本当《ほんとう》に助《たす》かったよ」

『あ、そっか。ショコラはウォーキング習《なら》ってないよな。ゴメン、俺《おれ》、気《き》づかなくて』

「大丈夫《だいじょうぶ》。美音《みおん》さんが基礎《きそ》から教《おし》えてくれたの。あとは本番《ほんばん》まで練習《れんしゅう》しておくから」

『美音《みおん》に教《おし》えてもらったなら、安心《あんしん》だな。美音《みおん》はモデルのキャリアも長《なが》いし』

登生《とうい》の声《こえ》に重《かさ》なって、電話《でんわ》の向《む》こうから、ガヤガヤした別《べつ》の声《こえ》が聞《き》こえる。

「登生《とうい》は、まだ外《そと》にいるの？」

『ああ。いま帰《かえ》り道《みち》。三人《さんにん》でご飯《はん》に行《い》ってたら、あっという間《ま》に九時《くじ》になってた』

あれ？　私《わたし》が海留《かいる》さんに会《あ》ったのって、たしか七時《しちじ》くらいだったよね？

っていうことは、七時前《しちじまえ》には海留《かいる》さんはお店《みせ》を出《で》たわけで、そこからずっと愛《あい》さんと二人《ふたり》でいたの……？

とたんに胸《むね》がざわついて、鼓動《こどう》が速《はや》くなる。

『久《ひさ》しぶりに会《あ》ったら、なつかしい話《はなし》ですっげー盛《も》り上《あ》がってさ。今思《いまおも》えば、スタッフもいい人《ひと》が多《おお》かったし、みんな仲良《なかよ》かったから、楽《たの》しかったなー』

明《あか》るく話《はな》す登生《とうい》とは反対《はんたい》に、私《わたし》の不安《ふあん》は、どんどんふくらんでいく。

登生《とうい》は愛《あい》さんのこと、好《す》きだったって、ホントなの？

いま、愛《あい》さんのこと、どう思《おも》ってる？

聞《き》きたいことは次《つぎ》から次《つぎ》へと浮《う》かんでくるけど、言葉《ことば》にすることはできなくて。

『ショコラ？　どうかした？』

「ううん、なんでもない」

だんだん苦《くる》しくなってきて、電話《でんわ》を切《き》ろうかと思《おも》ったその時《とき》だった。

『でさ、今日伝《きょうつた》え忘《わす》れてたんだけど、八月十七日《はちがつじゅうしちにち》の金曜日《きんようび》に、雑誌《ざっし》の撮影《さつえい》が入《はい》ったんだ。平日《へいじつ》だけど夏休《なつやす》みだし、ショコラは来《こ》れる？』

思《おも》いもよらなかった撮影《さつえい》の誘《さそ》いに、すぐにカレンダーを見《み》ると、部活《ぶかつ》もない日《ひ》だった。

「大丈夫《だいじょうぶ》。行《い》けそうだよ」

『よかった！　じゃあ二時《にじ》にRipple《リップル》の本社《ほんしゃ》ビルに集合《しゅうごう》な。……この日《ひ》、モデルは俺《おれ》とショコラだけだし、ゆっくり会《あ》えるな』

「えっ」

登生《とうい》も、私《わたし》と二人《ふたり》で会《あ》えるのを楽《たの》しみにしてくれてるの？

いつもと変《か》わらない登生《とうい》の言葉《ことば》が、さっきまでの不安《ふあん》を一気《いっき》にふき飛《と》ばした。

「私《わたし》も、楽《たの》しみにしてるね！」

電話《でんわ》を切《き》ると、ちぇるし〜が私《わたし》の目《め》の前《まえ》に飛《と》んできた。

「ここあ、よかったね！」

「うん。ちぇるし〜の言《い》うとおりだったよ。今《いま》の登生《とうい》を信《しん》じなくちゃダメだよね。愛《あい》さんのことは、あんまり気《き》にしないようにするね」

登生《とうい》はこんなにも、私《わたし》のことを思《おも》ってくれてるんだから。その気持《きも》ちを信《しん》じよう。

「三週間後《さんしゅうかんご》にはファッションショーもあるし、モデルの仕事《しごと》も絶好調《ぜっこうちょう》だね！」

ちぇるし〜に言《い》われて、はっとなる。

「そういえば、ＪＧＣ《ジェイジーシー》のポージングを考《かんが》えなくちゃいけないんだった！　ちぇるし～、どうしよう⁉」

「ポージング？　ちぇるし～もよくわかんないけど……、いいよ！　ここあのために、ちぇるし～も今《いま》から一緒《いっしょ》に考《かんが》えるよ！」

「ちぇるし～、ありがとう！」

それから私《わたし》たちは、ＪＧＣ《ジェイジーシー》の動画《どうが》を見《み》て研究《けんきゅう》したり、鏡《かがみ》とにらめっこしながら、夜遅《よるおそ》くまでポージングを考《かんが》えていた。

いよいよあさっては、登生《とうい》と撮影《さつえい》の日《ひ》。

早《はや》く登生《とうい》に会《あ》いたくて、一日一日《いちにちいちにち》、指《ゆび》おり数《かぞ》えてその日《ひ》を待《ま》ってたんだけど。

「あっ、登生《とうい》からメールだ！」

ドキドキしながら急《いそ》いで開《ひら》くと、

『いきなりだけど、あさっての撮影《さつえい》、中止《ちゅうし》になった。ごめんな』

「えっ……」

撮影《さつえい》が中止《ちゅうし》だなんて……。

毎日《まいにち》ウキウキしながら過《す》ごしていた分《ぶん》だけ、がっかりも大《おお》きい。

でも、登生《とうい》を困《こま》らせたくないから、なるべく平気《へいき》なフリをしてメールを打《う》った。

『撮影《さつえい》がなくなったなら、しかたないよね。またＪＧＣ《ジェイジーシー》で会《あ》えるのを楽《たの》しみにしてるね』

送信《そうしん》ボタンを押《お》してから、はあっと大《おお》きなため息《いき》をつく。

すると、しばらくして登生《とうい》から返信《へんしん》が来《き》た。

『ゴメン。またリハーサルで会《あ》おうな』

リハーサルは二十五日《にじゅうごにち》だから、あと十日《とおか》もある。それまで会《あ》えないんだ……。

「ここあ、ご飯《はん》よー」

「はーい……」

ダイニングから聞《き》こえてきたママの声《こえ》に、私《わたし》は力《ちから》なく答《こた》えた。

「今日《きょう》はここあの好《す》きなハンバーグよ。たくさん作《つく》ったから、どんどん食《た》べて」

「うん」

がっかりしすぎて、大好《だいす》きなハンバーグも、あんまりおいしく感《かん》じられないよ。

大《おお》きなため息《いき》をつくと、「あ！」と、ママが思《おも》い出《だ》したように言《い》った。

「そういえば、あさっての金曜日《きんようび》だけど、急《きゅう》に午後《ごご》から仕事《しごと》が入《はい》ったの。雑誌《ざっし》の撮影《さつえい》で、Ripple《リップル》の本社《ほんしゃ》に行《い》ってくるわ」

「えっ？」

おもわず、持《も》っていたはしを落《お》としそうになった。

「金曜日《きんようび》の撮影《さつえい》って……、なくなったんじゃないの？」

「なんのこと？　この話《はなし》は今日《きょう》依頼《いらい》があったばかりなのよ？」

けげんそうなママの顔《かお》つきに、はっとなる。

「あ、ごめん、ほかの仕事《しごと》とまちがえてたかも。いってらっしゃい」

私《わたし》はあわてて、ハンバーグを食《た》べはじめた。

なんで？　撮影《さつえい》はなくなったって言《い》ってたのに。

「その撮影《さつえい》にね、……なんだっけ、ここあが大好《だいす》きな映画《えいが》のヒロインの子《こ》が来《く》るって聞《き》いたわ」

心臓《しんぞう》がドクンと鳴《な》った。

「もしかして『桜色《さくらいろ》の約束《やくそく》』に出《で》てた、桐原愛《きりはらあい》ちゃん……？」

「そうそう。愛《あい》ちゃんね」

どうして？

なんで愛《あい》さんが登生《とうい》と一緒《いっしょ》に撮影《さつえい》することになってるの？

もしかして登生《とうい》が、相手《あいて》をショコラから愛《あい》さんに替《か》えたの……？

だからショコラには撮影《さつえい》がなくなったって言《い》ったの？

一度《いちど》はおさまっていた不安《ふあん》が、また広《ひろ》がっていく。

私《わたし》はたまらなくなって、はしを置《お》くと、ママに言《い》った。

「ママ……、私《わたし》もその撮影《さつえい》についていってもいい？」

金曜日《きんようび》の午後《ごご》、ここあの私《わたし》とママは、Ripple《リップル》の本社《ほんしゃ》ビルに来《き》ていた。

「本社《ほんしゃ》のビルで撮影《さつえい》するの？」

「いつでも撮影《さつえい》ができるようにって、専用《せんよう》のスタジオがあるのよ。そんなに大《おお》きくはないけど、機材《きざい》は一通《ひととお》りそろってるし、簡単《かんたん》な撮影《さつえい》ならじゅうぶんよ」

この二日間《ふつかかん》、なんで登生《とうい》は、撮影《さつえい》の相手《あいて》をショコラから愛《あい》さんに替《か》えたんだろうって、それぱっかり考《かんが》えてた。

「レイコさん、今日《きょう》はありがとうございます」

一星《いっせい》さんがやってきて、ママにあいさつをした。

「いいのよ。ちょうどなんの予定《よてい》もなかったし。娘《むすめ》が撮影《さつえい》を見《み》たいって言《い》うから、連《つ》れてきちゃったけど、ごめんなさいね」

私《わたし》がちょこんと頭《あたま》を下《さ》げると、一星《いっせい》さんが微笑《ほほえ》んでくれた。

「かまいませんよ。今日《きょう》は雑誌《ざっし》のインタビューと、写真《しゃしん》を数枚《すうまい》撮《と》るだけの簡単《かんたん》な撮影《さつえい》ですから。どうぞゆっくり見《み》ていってくださいね」

「はい」

一星《いっせい》さんは、ここあの私《わたし》にも優《やさ》しいな。

「急《きゅう》なお願《ねが》いで申《もう》し訳《わけ》ありませんでした。JGC《ジェイジーシー》の宣伝《せんでん》の記事《きじ》から、ドラマとRipple《リップル》のコラボ企画《きかく》の記事《きじ》に差《さ》し替《か》えになり、愛《あい》さんのスケジュールに合《あ》わせたら、今度《こんど》はヘアメイクさんの都合《つごう》が悪《わる》くなってしまい……、本当《ほんとう》に助《たす》かりました」

「頼《たよ》ってもらえてうれしいわ。じゃ、さっそく準備《じゅんび》にとりかかるわね」

登生《とうい》のリクエストじゃなかったの⁉

ドラマとのコラボ企画《きかく》の記事《きじ》になったから、愛《あい》さんに変更《へんこう》になったんだ。

一星《いっせい》さんの話《はなし》を聞《き》いて、ホッとした。

登生《とうい》もそう言《い》ってくれればよかったのに、メールだけだから疑《うたが》っちゃったよ。

私《わたし》は、カメラマンの坂田《さかた》さんと楽《たの》しそうに話《はな》している登生《とうい》を見《み》つけて、安心《あんしん》のため息《いき》をついた。

でもその横《よこ》には、登生《とうい》を見《み》つめながら微笑《ほほえ》む愛《あい》さんがいて、もやもやした気持《きも》ちになる。

二人《ふたり》はおそろいのピンクのT《ティー》シャツを着《き》ていて、なんだかうらやましいな。

ヘアメイクを終《お》えると、いよいよ二人《ふたり》の撮影《さつえい》が始《はじ》まった。

「さぁ、撮影《さつえい》を始《はじ》めようか。二人《ふたり》とも自然《しぜん》な感《かん》じで、並《なら》んで立《た》ってみて。……愛《あい》ちゃん、緊張《きんちょう》しなくていいからね。美少女《びしょうじょ》はどんな表情《ひょうじょう》でもかわいく撮《と》れるから大丈夫《だいじょうぶ》！」

坂田《さかた》さんの言葉《ことば》に、スタッフから笑《わら》いがおこる。

愛《あい》さんも、ちょっぴり赤《あか》くなって、笑《わら》っている。

登生《とうい》は、はかなくて繊細《せんさい》な愛《あい》さんを、慈《いつく》しむような優《やさ》しい笑顔《えがお》で見《み》つめていた。

そんな登生《とうい》を見《み》ていたら、胸《むね》がざわつきはじめる。

一年前《いちねんまえ》も、登生《とうい》は愛《あい》さんのことを、こんなに優《やさ》しい眼差《まなざ》しで見《み》ていたのかな。

「次《つぎ》はもっと仲良《なかよ》さそうに……、愛《あい》ちゃん、登生《とうい》くんの腕《うで》にもたれかかってみて」

坂田《さかた》さんの指示《しじ》に、愛《あい》さんは少《すこ》し頬《ほお》を赤《あか》くしながら、登生《とうい》の腕《うで》にもたれかかった。

登生《とうい》も照《て》れたように愛《あい》さんを見《み》てから、すぐにカメラへと視線《しせん》を戻《もど》す。

お互《たが》いに意識《いしき》してるのが、こっちまで伝《つた》わってくるよ。

「二人《ふたり》とも、力入《ちからはい》ってるよ？　めずらしく登生《とうい》くんも緊張《きんちょう》してる？　もっと自然《しぜん》にさ、何《なに》か話《はな》しながらでもいいよ」

「ああ、わかった」

登生《とうい》は少《すこ》し顔《かお》を赤《あか》くして、寄《よ》りかかった愛《あい》さんに、ぽつぽつと何《なに》かを話《はな》しはじめた。

すると、愛《あい》さんに自然《しぜん》な笑《え》みがこぼれる。

「いいね。その感《かん》じで」

坂田《さかた》さんは満足《まんぞく》そうにシャッターを切《き》る。

うれしそうに登生《とうい》を見《み》つめる愛《あい》さんを見《み》て、気《き》づいてしまった。

……愛《あい》さんは登生《とうい》が好《す》きなんだ。

登生《とうい》は気《き》づいてるの？

お願《ねが》い、そんな瞳《ひとみ》で登生《とうい》を見《み》ないで。

登生《とうい》の気持《きも》ちが揺《ゆ》れちゃうよ……。

だんだん二人《ふたり》を見《み》ているのが辛《つら》くなってきて、私《わたし》はスタジオをあとにした。

通路《つうろ》で撮影《さつえい》が終《お》わるのを待《ま》っていると、しばらくして、スタジオからスタッフさんたちが、わいわいと出《で》てきた。

ママのところへ戻《もど》ろうとしたら、ちょうど愛《あい》さんと登生《とうい》が二人《ふたり》でスタジオから出《で》てくるのが見《み》えて、思《おも》わず通路《つうろ》の柱《はしら》の陰《かげ》に隠《かく》れた。

二人《ふたり》はそのまま通路《つうろ》を歩《ある》いて、つきあたりの小《ちい》さな窓《まど》の前《まえ》で足《あし》を止《と》めた。

いけないと思《おも》いつつ、何《なに》か胸騒《むなさわ》ぎがして、二人《ふたり》の声《こえ》が聞《き》こえる場所《ばしょ》までそっと近《ちか》づくと、壁《かべ》に隠《かく》れるようにして様子《ようす》をうかがった。

「二人《ふたり》だけで話《はな》したいことって、何《なに》？」

登生《とうい》が愛《あい》さんにたずねる言葉《ことば》に、ドキッとする。

愛《あい》さんはいったい何《なに》を話《はな》そうとしてるの……？

やがて愛《あい》さんが口《くち》を開《ひら》いた。

「ドラマとRipple《リップル》のコラボ商品《しょうひん》、売《う》れるといいね」

「ああ。愛《あい》と海留《かいる》さんが着《き》てくれたら、きっと売《う》れるよ。二人《ふたり》には感謝《かんしゃ》してる」

「ドラマとのコラボ商品《しょうひん》の企画《きかく》が出《で》た時《とき》にね、私《わたし》、ブランドはRipple《リップル》にしてほしいってお願《ねが》いしたの」

「愛《あい》が、言《い》ってくれたのか」

「私《わたし》、意見言《いけんい》ったりするの苦手《にがて》だけど、がんばったんだよ。きっと登生《とうい》くんは喜《よろこ》んでくれるんじゃないかって」

「おとなしい愛《あい》が、がんばってくれたんだな」

「……どうしても、もう一度《いちど》登生《とうい》くんに会《あ》いたかったから」

「え？」

「ドラマ化《か》が決《き》まった時《とき》、また登生《とうい》くんに会《あ》えるかもって期待《きたい》してた。けど登生《とうい》くんは出《で》ないって聞《き》いて……。私《わたし》ね、もう一度《いちど》会《あ》えたら、ずっと言《い》おうって決《き》めてたことがあるの」

愛《あい》さんはきゅっと唇《くちびる》を結《むす》んで、背《せ》の高《たか》い登生《とうい》をまっすぐに見上《みあ》げた。

「私《わたし》ね、ずっと登生《とうい》くんのことが好《す》きだったの。映画《えいが》の撮影《さつえい》をしてた頃《ころ》から、今《いま》でも、ずっと」

愛《あい》さんのまっすぐであふれるような想《おも》いが、私《わたし》にまで伝《つた》わってくる。

ドキドキしながら、私《わたし》は登生《とうい》の様子《ようす》を見《み》た。

登生《とうい》は驚《おどろ》いて言葉《ことば》を失《うしな》ったまま、ただ目《め》の前《まえ》の愛《あい》さんを見《み》つめている。

「でも、あの時《とき》、愛《あい》は俺《おれ》に……」

「ごめんなさい。あの頃《ころ》私《わたし》は恋愛禁止《れんあいきんし》の事務所《じむしょ》にいて、逆《さか》らえなかったの。登生《とうい》くんに告《こく》白《はく》された時《とき》、本当《ほんとう》にうれしかったのに……。私《わたし》も好《す》きだって言《い》えなかった」

愛《あい》さんの言葉《ことば》が、胸《むね》に刺《さ》さる。

登生《とうい》は、愛《あい》さんに告白《こくはく》してたんだ……。

「愛《あい》が、俺《おれ》を……？」

「ずっとずっと後悔《こうかい》してた。なんであの時《とき》、好《す》きって言《い》えなかったんだろうって。好《す》きな人《ひと》に好《す》きって言《い》えないような人生《じんせい》は嫌《いや》だから……、そのあと事務所《じむしょ》も替《か》わったの。だからね、次《つぎ》に会《あ》った時《とき》には、絶対《ぜったい》に気持《きも》ちを伝《つた》えようって思《おも》ってた」

「愛《あい》……」

登生《とうい》は、潤《うる》んだ瞳《ひとみ》の愛《あい》さんをじっと見《み》つめたまま、動《うご》かない。

私《わたし》の心臓《しんぞう》はさらに大《おお》きな音《おと》をたてて、もう壊《こわ》れそう。

昔好《むかしす》きだった愛《あい》さんに、ずっと好《す》きだったって言《い》われて……、登生《とうい》はどうするの？

言葉《ことば》もなく、見《み》つめ合《あ》ってる二人《ふたり》を見《み》ると、どんどん怖《こわ》くなってくる。

数十秒《すうじゅうびょう》の沈黙《ちんもく》が、とてつもなく長《なが》い時間《じかん》に思《おも》えた。

cherryblossom

おねがい登生《とうい》、何《なに》か言《い》って。

胸《むね》の前《まえ》で、ぎゅっと手《て》を重《かさ》ねたその時《とき》。

「……でも俺《おれ》、彼女《かのじょ》がいるから」

登生《とうい》が小《ちい》さな声《こえ》で、ぼそっと言《い》った。

その言葉《ことば》に、私《わたし》は少《すこ》しだけ救《すく》われる。

やがて、愛《あい》さんは力《ちから》なく笑《わら》った。

「そっかぁ……、登生《とうい》くんなら彼女《かのじょ》がいるよね。あの時断《ときことわ》っておいて、ずっと好《す》きでしたって、今《いま》さらって感《かん》じだよね」

涙声《なみだごえ》の愛《あい》さんに、登生《とうい》は何《なに》も言《い》えないでいる。

「でも、私《わたし》、やっぱり登生《とうい》くんが好《す》きなの。……私《わたし》を好《す》きだって言《い》ってくれた、あの頃《ころ》の気持《きも》ち、ほんの少《すこ》しだけでも残《のこ》ってない？」

「それは……」

登生《とうい》は苦《くる》しそうに目《め》を細《ほそ》めて、それ以上《いじょう》は言《い》わなかった。

とうとう愛《あい》さんの瞳《ひとみ》から涙《なみだ》があふれだすと、登生《とうい》は辛《つら》そうな顔《かお》をしながら、涙《なみだ》を流《なが》す愛《あい》さんの涙《なみだ》を拭《ふ》いてあげていた。

「！」

私《わたし》は、あわてて目《め》をそらした。心臓《しんぞう》の音《おと》がドクドクと身体中《からだじゅう》に鳴《な》り響《ひび》いてうるさい。

どうして登生《とうい》は何《なに》も言《い》ってくれないの？

やっぱり、愛《あい》さんのことが好《す》きだから……？

胸《むね》の中《なか》に、いろんな気持《きも》ちがうずまいて、私《わたし》は立《た》っているのがやっとだった。

その時《とき》、通路《つうろ》の向《む》こうから、スタッフさんの声《こえ》が響《ひび》いた。

「二人《ふたり》とも、そろそろインタビュー始《はじ》めたいんだけど、いいかな？」

「あ、すぐ行《い》きます」

二人《ふたり》は、ぱっと離《はな》れると、重《おも》い雰囲気《ふんいき》のまま、スタジオへと戻《もど》っていった。

「登生《とうい》……」

遠《とお》く離《はな》れた背中《せなか》からは、まったく気持《きも》ちはわからないよ。

切《せつ》ない気持《きも》ちを抱《かか》えたまま壁《かべ》にもたれて、私《わたし》はただ、二人《ふたり》が遠《とお》ざかっていく足音《あしおと》を聞《き》いていた。

5 波乱《はらん》のリハーサルの始《はじ》まり

それから一週間《いっしゅうかん》あまり、いよいよＪＧＣ《ジェイジーシー》のリハーサルの日《ひ》になった。

何度《なんど》か登生《とうい》にメールを打《う》とうか悩《なや》んだけど、結局何《けっきょくなに》もできないまま、今日《きょう》が来《き》てしまった。

会場《かいじょう》の最寄《もよ》り駅《えき》に着《つ》くと、ショコラに変身《へんしん》するために、人目《ひとめ》につかないところでコスメボックスを開《あ》ける。

「ちぇるし～、いる？」

しばらくすると、鏡《かがみ》から七色《なないろ》の光《ひかり》とともに、ちぇるし～が現《あらわ》れた。

「今日《きょう》はリハーサルだね！　いよいよ明日《あした》は本番《ほんばん》だから、がんばろうね！」

「……うん」

私《わたし》は小《ちい》さく笑《わら》うと、ちぇるし～が心配《しんぱい》そうに見上《みあ》げてきた。

「ここあ、いろいろ考《かんが》えちゃうかもしれないけど……、登生《とうい》はショコラのことが好《す》きなんだから、きっと大丈夫《だいじょうぶ》だよ」

「ありがとう」

ちぇるし～の言《い》うとおりだよね。あの時《とき》、登生《とうい》は彼女《かのじょ》がいるって言《い》ってくれたんだし、登生《とうい》のことを信《しん》じるしかないんだよね。

「ここあ、まずは目《め》の前《まえ》のJGC《ジェイジーシー》を成功《せいこう》させよう！」

そうだ、今《いま》は余計《よけい》なこと考《かんが》えてる場合《ばあい》じゃないよ。

JGC《ジェイジーシー》に誘《さそ》ってくれた登生《とうい》に、がっかりされたくないから。

「うん。堂々《どうどう》とランウェイを歩《ある》けるように、がんばってくるよ」

「最近《さいきん》のここあ、姿勢《しせい》や歩《ある》き方《かた》が変《か》わって、すごく素敵《すてき》に見《み》えるようになったよ！」

「ホントに？」

この三週間《さんしゅうかん》、毎日《まいにち》ウォーキングの練習《れんしゅう》してたから、今《いま》では考《かんが》えなくても自然《しぜん》にモデルウォークができるようになった。

これも美音《みおん》さんのおかげだよ。あの日《ひ》、美音《みおん》さんのレッスンがなかったら、と思《おも》うとぞっとする。

「さぁ、時間《じかん》もないし、ショコラに変身《へんしん》しよう！　いくよ～、ちぇるし～の、魔法《まほう》!!」

ちぇるし～のうずまきキャンディから、キラキラと七色《なないろ》のうずが出《で》てきて、足元《あしもと》から頭《あたま》まで一気《いっき》に包《つつ》み込《こ》んでいく。

甘《あま》いキャンディの香《かお》りが鼻《はな》をくすぐって、あたりに七色《なないろ》のうずが消《き》えた頃《ころ》。

「できあがり～！」

そっと目《め》を開《あ》けると、大人《おとな》っぽい白《しろ》のシャツワンピースを着《き》たショコラに変身《へんしん》していた。

髪《かみ》の毛《け》も、かわいくアップされているのがわかる。

「今日《きょう》はすごく大人《おとな》っぽいね！　ちぇるし～、ありがとう！」

「肩《かた》ひも付《つ》きの抜《ぬ》き襟《えり》が、いい感《かん》じでしょ？　ここあ、がんばってね！　ちぇるし～、今日《きょう》はいろんな鏡《かがみ》から見守《みまも》ってるから！」

「うん。いってきます」

ちぇるし～に背中《せなか》を押《お》されて、私《わたし》は会場《かいじょう》へと向《む》かった。

「わぁ、大《おお》きなステージ！」

JGC《ジェイジーシー》の会場《かいじょう》へ入《はい》ると、まず目《め》に入《はい》ったのは、アリーナの真《ま》ん中《なか》に設置《せっち》された巨大《きょだい》なランウェイだった。

正面奥《しょうめんおく》にある広《ひろ》いステージから、まっすぐにのびたT《ティー》の字形《じがた》のランウェイ。

「こんなに大《おお》きなランウェイを歩《ある》くなんて……！」

私《わたし》の背《せ》よりもずっと高《たか》い位置《いち》にあるランウェイを見上《みあ》げて、言葉《ことば》を失《うしな》った。

ステージには、巨大《きょだい》なスクリーンが三《みっ》つも並《なら》んでいて、出演《しゅつえん》するブランドのロゴや、アーティストの映像《えいぞう》が流《なが》れている。

大勢《おおぜい》のスタッフさんが、それぞれ明日《あした》の準備《じゅんび》で忙《いそが》しそうに駆《か》け回《まわ》っていた。

Ripple《リップル》のリハーサルは三時《さんじ》から始《はじ》まるけど……、どこに行《い》けばいいのかな。

一星《いっせい》さんに電話《でんわ》しようと、アリーナの出入《でい》り口《ぐち》でスマホを取《と》り出《だ》した時《とき》だった。

「ショコラちゃん、みっけ」

そんな声《こえ》とともに、いきなり後《うし》ろから大《おお》きな腕《うで》に抱《かか》え込《こ》まれた。

「ひゃっ！」

突然《とつぜん》のことに、あわてて後《うし》ろを振《ふ》り返《かえ》ろうとしたとたん、私《わたし》の左《ひだり》の額《ひたい》のあたりに、さらりとした髪《かみ》の毛《け》が触《ふ》れて、ドキッとする。

「会《あ》いたかったよ」

耳元《みみもと》に聞《き》こえてきた甘《あま》い声《こえ》に、はっとなる。

「海留《かいる》さん？」

映画《えいが》で何度《なんど》も聞《き》いた翔真《しょうま》の声《こえ》に、反射的《はんしゃてき》にドキドキしてしまう。

「ショコラちゃん、俺《おれ》のこと好《す》きって言《い》ってたよね？」

「それは、映画《えいが》の翔真《しょうま》のことで」

言《い》いながら、海留《かいる》さんの腕《うで》をほどこうとしたけど、結構強《けっこうつよ》い力《ちから》で抱《だ》きしめられていて、すぐに外《はず》せない。必死《ひっし》にもがいていると、

「海留《かいる》さん、ショコラを放《はな》してもらえますか」

後《うし》ろから、不機嫌《ふきげん》そうな登生《とうい》の声《こえ》がした。

「登生《とうい》？」

海留《かいる》さんは、珍《めずら》しく鋭《するど》い目《め》つきをしている登生《とうい》に驚《おどろ》いて、私《わたし》に回《まわ》していた手《て》の力《ちから》をふっとゆるめた。

その瞬間《しゅんかん》、登生《とうい》が私《わたし》の手首《てくび》をつかんで、ぐっと引《ひ》き寄《よ》せたから、私《わたし》はよろめきながら登《とう》生《い》の胸《むね》に飛《と》びこんだ。

「ショコラは、俺《おれ》の彼女《かのじょ》なんで」

力強《ちからづよ》い声《こえ》で堂々《どうどう》と言《い》い切《き》ってくれた登生《とうい》に、うれしくなる。

「へえ、そうだったんだ？　ゴメンねー」

海留《かいる》さんは軽《かる》い調子《ちょうし》で言《い》うと、向《む》こうに行《い》ってしまった。

……よかった、登生《とうい》が来《き》てくれて。

そっと見《み》あげると、登生《とうい》はまだ険《けわ》しい顔《かお》つきで、海留《かいる》さんの方《ほう》を見《み》ていた。

「ショコラ、海留《かいる》さんには近《ちか》づくな」

登生《とうい》は押《お》し殺《ころ》したような声《こえ》で、私《わたし》に警告《けいこく》した。

「え？」

「海留《かいる》さんは悪《わる》い人《ひと》じゃないけど、気《き》に入《い》った女《おんな》の子《こ》はすぐに口説《くど》くことで有名《ゆうめい》なんだ。

モデルの友達《ともだち》で、海留《かいる》さんに泣《な》かされた子《こ》が何人《なんにん》もいる」

「海留《かいる》さんが……？」

ハニトラで一番人気《いちばんにんき》の海留《かいる》さんは、明《あか》るくてさわやかなイメージだったのに、ちょっとがっかりだよ。

「……ホントはショコラのことも紹介《しょうかい》したくなかった。海留《かいる》さんがショコラのこと気《き》に入《い》るのはわかってたし」

「そんな」

「もうショコラに手《て》を出《だ》すなんて、油断《ゆだん》もスキもねーな」

登生《とうい》は不機嫌《ふきげん》な顔《かお》をしたまま、ぐっと私《わたし》を引《ひ》き寄《よ》せて、自分《じぶん》の胸《むね》に押《お》し当《あ》てたから、胸《むね》がキュンとなった。

ヤキモチやいてくれてる、のかな？

こんな状況《じょうきょう》だけど、ちょっとうれしくなっちゃうよ。

でも、横《よこ》を通《とお》り過《す》ぎるスタッフさんたちが、私《わたし》たちをちらちら見《み》てきたから、登生《とうい》は腕《うで》を放《はな》した。

ドキドキしながら周《まわ》りを見渡《みわた》すと、少《すこ》し離《はな》れたところに立《た》っていた愛《あい》さんと目《め》が合《あ》った。

「!」

今《いま》の、見《み》られてたのかな。

愛《あい》さんは切《せつ》なそうな顔《かお》でこっちを見《み》ていたけど、ふっと目《め》を伏《ふ》せて、その場《ば》を去《さ》っていった。

「今年《ことし》もＪＧＣ《ジェイジーシー》がやってきたわね! 素敵《すてき》な服《ふく》を用意《ようい》したから、試着《しちゃく》をお願《ねが》いね」

スタイリストの浜島《はましま》さんが、うれしそうに服《ふく》を渡《わた》してくれた。

「ビッグシルエットのライダースジャケットと、フェミニンなレースのミニワンピースを合《あ》わせて、全体《ぜんたい》を上品《じょうひん》に白《しろ》でまとめてみたわ」

「わぁ、素敵《すてき》な服《ふく》!」

いつもオシャレでかわいい服《ふく》ばかり着《き》ているけど、ファッションショーはさらに豪華《ごうか》な気《き》がする。

「サイズの確認《かくにん》とコーデのチェックをしたら、ヘアメイクさんに見《み》てもらってね」

「はい」

衣装《いしょう》に着替《きが》えて浜島《はましま》さんにチェックをしてもらうと、次《つぎ》はママに交代《こうたい》した。

「ショコラちゃんは白《しろ》がメインの衣装《いしょう》ね。ヘアメイクも上品《じょうひん》なイメージでいこうかな」

ママは私《わたし》の口元《くちもと》に、数種類《すうしゅるい》の口紅《くちべに》やグロスを当《あ》てて、どの色《いろ》が一番合《いちばんあ》うか、チェックをしている。

ママにとっても、ＪＧＣ《ジェイジーシー》は特別《とくべつ》な仕事《しごと》なんだろうな。

最近《さいきん》、ママの仕事《しごと》を見《み》る機会《きかい》が増《ふ》えて、あらためて、すごいなって思《おも》うよ。

ママ、私《わたし》もがんばるからね。


美音《みおん》さんと登生《とうい》、亜蓮《あれん》くんも、それぞれ衣装《いしょう》とヘアメイクのチェックを終《お》えて、一星《いっせい》さんのもとへ集《あつ》まっていた。

「皆《みな》さん、各自《かくじ》フィッティングをして、服《ふく》のイメージがつかめたと思《おも》います。今回《こんかい》のRipple《リップル》は白《しろ》とメタリックがテーマカラーです。ぜひ、みなさんの力《ちから》でRipple《リップル》の服《ふく》に、さらなる彩《いろど》りを与《あた》えて、会場《かいじょう》を沸《わ》かせてください」

そう言《い》って、一星《いっせい》さんは私《わたし》たちに微笑《ほほえ》みかけた。

「ああ。俺《おれ》らがRipple《リップル》のステージをサイコーに盛《も》り上《あ》げてくるから！」

「そうだよっ！　美音《みおん》もほかのステージに負《ま》けないように、がんばるからねっ☆」

「頼《たの》もしいですね。今回《こんかい》のステージも、いろいろとサプライズを用意《ようい》していますから。……その一《ひと》つがこれです」

一星《いっせい》さんは、机《つくえ》に置《お》いてあった、銀色《ぎんいろ》のリンゴを手《て》に取《と》った。

「この銀色《ぎんいろ》のリンゴをみなさんに一《ひと》つずつ持《も》っていただき、ランウェイから客席《きゃくせき》に投《な》げてプレゼントしようと思《おも》います」

登生《とうい》は、銀色《ぎんいろ》のリンゴをひょいと取《と》って、じっとながめた。

「へえ、今年《ことし》はリンゴか。中《なか》には何《なに》が入《はい》ってんの？」

「秋《あき》にRipple《リップル》で販売予定《はんばいよてい》のヘアアクセサリーや小物《こもの》です。あと、店舗《てんぽ》で使《つか》える、特別割引《とくべつわりびき》券《けん》も入《い》れてあります」

「割引券《わりびきけん》なら、男《おとこ》がもらっても、うれしいよな」

「正面《しょうめん》でポージングをした後《あと》、好《す》きなタイミングで投《な》げてください。なるべくいろいろな場所《ばしょ》で投《な》げると、喜《よろこ》ばれると思《おも》います」

ランウェイからプレゼントを投《な》げるなんて、楽《たの》しそう！

「では、今《いま》からランウェイでのリハーサルに行《い》きます。立《た》ち位置《いち》のチェックと、動《うご》きについてJGC《ジェイジーシー》のスタッフから指示《しじ》がありますので、従《したが》ってください」

いよいよあの大《おお》きなランウェイを歩《ある》くんだ。そう思《おも》うと、一気《いっき》に緊張《きんちょう》が高《たか》まる。

すると、一星《いっせい》さんが私《わたし》の隣《となり》に来《き》て、声《こえ》をかけてくれた。

「美音《みおん》ちゃんに、ウォーキングのレッスンをしてもらったそうですね」

一星《いっせい》さんは知《し》ってたんだ。

「はい。私《わたし》、モデルの歩《ある》き方《かた》があることも知《し》らなくて」

「僕《ぼく》もそこまで気《き》が回《まわ》らず、申《もう》し訳《わけ》ありません。今回《こんかい》は美音《みおん》ちゃんに助《たす》けられました。彼女《かのじょ》は負《ま》けず嫌《ぎら》いで、誰《だれ》よりもプロ意識《いしき》が高《たか》いんです。一緒《いっしょ》に仕事《しごと》をすれば、多《おお》くのことを学《まな》べるはずですよ」

そう言《い》って、一星《いっせい》さんは、スタッフさんのところへ行《い》ってしまった。

多《おお》くのことを学《まな》べる、か。

私《わたし》は、モデル体型《たいけい》を完璧《かんぺき》に維持《いじ》している美音《みおん》さんの後《うし》ろ姿《すがた》を見《み》ていると、いきなり美音《みおん》さんが振《ふ》り返《かえ》って言《い》った。

「ショコラちゃん、三週間《さんしゅうかん》もあったんだから、もちろん、ウォーキングはマスターしたよねっ？」

あいかわらず厳《きび》しいけど、これもプロ意識《いしき》の高《たか》さ……なのかな？

「はい。ちゃんと毎日練習《まいにちれんしゅう》しました」

美音《みおん》さんは、登生《とうい》に聞《き》こえない程度《ていど》に声《こえ》をおさえて言《い》った。

「素人《しろうと》なんだから、毎日練習《まいにちれんしゅう》するのは当《あ》たり前《まえ》でしょっ！　ショコラちゃんが失敗《しっぱい》したら、服《ふく》をアピールするどころか、Ripple《リップル》にはろくなモデルがいないって思《おも》われるんだよっ。下手《へた》なウォーキングしたら、許《ゆる》さないからねっ？」

その言葉《ことば》に、私《わたし》はだまってうなずいた。

美音《みおん》さんの言《い》うとおり、私《わたし》の失敗《しっぱい》はRipple《リップル》の失敗《しっぱい》になる。

私《わたし》も、登生《とうい》にがっかりされたくないよ。

「自分《じぶん》らしいポージング、決《き》めてきたよね？　しっかり見《み》せてもらうから」

美音《みおん》さんは、挑発《ちょうはつ》するように笑《わら》ったけど。

どうしてかな。

これまでみたいな意地悪《いじわる》さは、なくなったように思《おも》うんだ。

「美音《みおん》ちゃん、きびしー。みんな、どうせそこまで見《み》てないってー」

「亜蓮《あれん》ってば、どうしてそぉゆーこと言《い》うのっ？　これはRipple《リップル》のためなんだからねっ！」

「美音《みおん》ちゃんも、案外《あんがい》マジメだよねー。ゲスト出演《しゅつえん》の女優《じょゆう》やアイドルなんて、モデルウォークしてないでしょー。それでも、登場《とうじょう》しただけで大歓声《だいかんせい》だからね。結局《けっきょく》ウォーキングなんて二《に》の次《つぎ》でさ、転《ころ》ばずにランウェイを行《い》って帰《かえ》ってくれば、それでいーんだよ」

亜蓮《あれん》くんの言葉《ことば》に、ちょっと肩《かた》の力《ちから》が抜《ぬ》けたけど、美音《みおん》さんは、きりきりとしている。

「あのね、モデルでウォーキングができないと、恥《はじ》かくのっ！　私《わたし》だって昔《むかし》、うまくウォーキングができなくて悔《くや》しい思《おも》いをしたし……」

「美音《みおん》さんが？」

私《わたし》が聞《き》き返《かえ》したら、美音《みおん》さんは、はっとして、

「私《わたし》のことはいいの！　とにかく今回《こんかい》はRipple《リップル》のステージを、ぜったいに盛《も》り上《あ》げなくち

やいけないんだから！　失敗《しっぱい》しないでよっ？」

「は、はいっ！」

言《い》い切《き》ると、美音《みおん》さんは足早《あしばや》に前《まえ》を歩《ある》いていく。

「美音《みおん》ちゃん、意外《いがい》と優《やさ》しーとこあるんだー？」

「え？」

「ウォーキングのレッスンしてくれたのもさ、桐原愛《きりはらあい》さんに勝《か》ちたいってのもあるんだろーけど、かつて自分《じぶん》が経験《けいけん》した失敗《しっぱい》を君《きみ》もくり返《かえ》さないように……っていう思《おも》いもあったのかなー？　……なんて、深読《ふかよ》みしすぎ？」

亜蓮《あれん》くんはぺろっと舌《した》を出《だ》した。

美音《みおん》さんは私《わたし》のことを思《おも》って、レッスンしてくれてたのかな？

今《いま》まで見《み》えなかった美音《みおん》さんの優《やさ》しさに、ちょっと触《ふ》れた気《き》がして、

「……そうだと、うれしいな」

前《まえ》を歩《ある》く美音《みおん》さんに、笑顔《えがお》でつぶやいた。

「今《いま》からRipple《リップル》のリハーサル入《はい》りまーす！」

オレンジ色《いろ》のT《ティー》シャツを着《き》たJGC《ジェイジーシー》の女性《じょせい》スタッフが、舞台袖《ぶたいそで》で元気《げんき》のいい声《こえ》を出《だ》した。

「まず全体《ぜんたい》の流《なが》れですが、一人《ひとり》ずつランウェイを歩《ある》いてポージングをした後《あと》、プレゼントのリンゴを客席《きゃくせき》に投《な》げ、全員戻《ぜんいんもど》ってきたら、フィナーレとして再《ふた》び男女《だんじょ》ペアでランウェイを一周《いっしゅう》して終《お》わりです。時間短縮《じかんたんしゅく》のため、リハではフィナーレを省《はぶ》きますね。……では、今《いま》からランウェイでの動《うご》きを一緒《いっしょ》に確認《かくにん》していきます。まず、舞台袖《ぶたいそで》でスタッフが合図《あいず》をしたら、ステージの中央《ちゅうおう》まで進《すす》んでください」

スタッフさんについてステージへ歩《ある》いていくと、床《ゆか》に貼《は》ってある緑《みどり》の×マークのところで立《た》ち止《ど》まった。

「緑《みどり》の×マークが中央《ちゅうおう》です。そこで、まっすぐ正面《しょうめん》を向《む》いて、待機《たいき》してください。この時《とき》、スクリーンにモデルの顔《かお》のアップと名前《なまえ》が出《で》て、観客《かんきゃく》に紹介《しょうかい》されます。最初《さいしょ》の人《ひと》は、五秒《ごびょう》くらいしたらスタートしてください。二番目以降《にばんめいこう》の人《ひと》は、前《まえ》の人《ひと》がランウェイの中心《ちゅうしん》を過《す》ぎたら、歩《ある》きはじめます。では、今《いま》から舞台袖《ぶたいそで》に戻《もど》って、実際《じっさい》に歩《ある》いてもらいますね」

トップバッターの美音《みおん》さんが、スタッフさんの合図《あいず》でステージへと出《で》ていった。

ランウェイを歩《ある》く順番《じゅんばん》は、美音《みおん》さん、亜蓮《あれん》くん、私《わたし》、登生《とうい》の順番《じゅんばん》。

あれから、ちぇるし〜と一緒《いっしょ》にポージングを考《かんが》えて、たくさん練習《れんしゅう》してきたんだ。

斜《なな》めに構《かま》えてモデル立《だ》ちをしてから、頬《ほお》の下《した》あたりに両手《りょうて》でハートの形《かたち》を作《つく》る。

ショコラの姿《すがた》なら、かわいいポーズもバッチリ決《き》まるから、これで大丈夫《だいじょうぶ》なはず！

「次《つぎ》の方《かた》、行《い》ってください」

スタッフさんに言《い》われて、私《わたし》はステージの中央《ちゅうおう》へと進《すす》んだ。

前《まえ》の亜蓮《あれん》くんは、もうランウェイを歩《ある》きはじめてる。ランウェイを歩《ある》くのは初《はじ》めてだって言《い》ってたけど、堂々《どうどう》と歩《ある》いていて、すごいな。

亜蓮《あれん》くんがランウェイの真《ま》ん中《なか》を過《す》ぎたから、私《わたし》もはじめの一歩《いっぽ》を踏《ふ》み出《だ》した。

美音《みおん》さんに言《い》われたことを思《おも》い出《だ》しながら、一歩《いっぽ》一歩《いっぽ》、足《あし》を出《だ》していく。

少《すこ》しでも美《うつく》しく、堂々《どうどう》と歩《ある》けるように。

ドキドキしながら長《なが》いランウェイを歩《ある》いて、一番先《いちばんさき》のところまでやってきた。

「はい、そこで三秒間《さんびょうかん》のポージング！」

私《わたし》は練習《れんしゅう》したとおり、モデル立《だ》ちをして、両手《りょうて》で作《つく》ったハートを頬《ほお》の下《した》へと持《も》ってきた。

「待《ま》って、そのポーズはまずいわね」

「え？」

「今回《こんかい》、Ripple《リップル》はリンゴを持《も》って出《で》てくるんでしょ？　だったらそんなポーズはできないはず」

「あっ！」

そっか、リンゴを持《も》ってたら、両手《りょうて》でハートなんて作《つく》れないよ！

どうしよう、どんなポーズにすればいいの？

ランウェイの先《さき》で、おたおたしていると、スタッフさんは、短《みじか》いため息《いき》をついた。

「リンゴをどうポージングで使《つか》うか、どこで投《な》げるのかをチェックしたかったんだけど……、時間《じかん》がないから、そのまま左《ひだり》のランウェイに進《すす》んでください」

「すみません！」

言《い》われるまま、左《ひだり》にのびたランウェイへと歩《ある》きはじめた。

さっそく、失敗《しっぱい》しちゃったよ……。

へこみながら左側《ひだりがわ》のランウェイの先《さき》まで歩《ある》いていくと、手《て》はつけずに、ポージングをした。

「じゃあ、そこからターンして、まっすぐ反対側《はんたいがわ》のランウェイの奥《おく》まで歩《ある》いていってね」

「はい」

言《い》われて、私《わたし》はちょこちょこと回《まわ》れ右《みぎ》をして反対側《はんたいがわ》を向《む》くと、気《き》を取《と》り直《なお》して歩《ある》きはじめた。

すると、ランウェイの下《した》で見学《けんがく》していた、他《ほか》のモデルさんの笑《わら》い声《ごえ》が聞《き》こえてきた。

「今《いま》の回《まわ》れ右《みぎ》、ウケるんだけど」

「もしかしてターンできないのかな？　歩《ある》き方《かた》も素人《しろうと》っぽいし」

今《いま》、私《わたし》のこと言《い》ってた？

前《まえ》を見《み》ると、反対側《はんたいがわ》から戻《もど》って歩《ある》いてきた美音《みおん》さんが、何《なに》か言《い》いたげなきびしい顔《かお》つきで私《わたし》を見《み》ていた。

私《わたし》、また何《なに》かやらかしちゃったんだ……？

ずーんと沈《しず》んだ気持《きも》ちを抱《かか》えながら、私《わたし》はやっとのことで舞台袖《ぶたいそで》まで帰《かえ》ってきた。

「ショコラ、スタッフの人《ひと》に、何《なに》か言《い》われてた？」

登生《とうい》が舞台袖《ぶたいそで》に戻《もど》ってくると、心配《しんぱい》そうに声《こえ》をかけてくれた。

「……あのね、リンゴを持《も》ってるはずなのに、両手《りょうて》を使《つか》ったポージングをしちゃって、注《ちゅう》意《い》されちゃった。あとね、ステージの反対側《はんたいがわ》に行《い》く時《とき》に回《まわ》れ右《みぎ》したら笑《わら》われちゃったし……」

するど、登生《とうい》は明《あか》るく笑《わら》った。

「なんだ、ポージングなんて、いちいち考《かんが》えなくてもいいって。俺《おれ》、いつもその場《ば》のノリで好《す》きなポーズとるし」

「えっ？　アドリブなの？」

「そ。ポーズなんて、その時《とき》の気分《きぶん》でいいんだよ」

「うーん……」

何度《なんど》もランウェイを歩《ある》いている登生《とうい》は、すぐにポージングできちゃうんだろうけど……、私《わたし》には無理《むり》だよ！

登生《とうい》とはモデルの経験値《けいけんち》がちがいすぎて、時々《ときどき》ついていけなくなる。

登生《とうい》は笑顔《えがお》で、ぽんと私《わたし》の肩《かた》に手《て》をのせると、

「あんまり考《かんが》えすぎんなよ？　……じゃ、俺《おれ》、スペシャルステージのリハに行《い》ってくる」

「スペシャルステージ？」

「そう。桜色《さくらいろ》のステージに俺《おれ》も出《で》ることになったんだ。そのほうが盛《も》り上《あ》がるからって、スタッフさんに言《い》われて。じゃ、またあとでな」

バタバタと、リハへ戻《もど》っていく登生《とうい》を見《み》てたら、急《きゅう》に切《せつ》なくなった。

なんだか登生《とうい》を取《と》られちゃうみたいで、嫌《いや》だな。

けど、Ripple《リップル》とのコラボ商品《しょうひん》なんだから、登生《とうい》も出《で》たほうがいいに決《き》まってるよね。

なんだかんだと落《お》ちこんでるところに、美音《みおん》さんがつかつかとやってきた。

「ウォーキングやポージングのことで頭《あたま》がいっぱいで、ショコラちゃんにターン教《おし》えるの忘《わす》れてたよっ！　見《み》てたモデルには笑《わら》われたし、悔《くや》しーい！」

美音《みおん》さんは悔《くや》しそうに、胸《むね》の前《まえ》でぎゅっとこぶしを握《にぎ》った。

「ごめんなさい、私《わたし》のせいで……」

申《もう》し訳《わけ》なくて謝《あやま》ると、美音《みおん》さんからは意外《いがい》な言葉《ことば》が返《かえ》ってきた。

「謝《あやま》ってる時間《じかん》があったら、すぐにターンの練習《れんしゅう》するよっ！　明日《あした》までにマスターしてきてねっ？」

「美音《みおん》さんが、教《おし》えてくれるんですか？」

「美音《みおん》はこのあとお仕事《しごと》があるから、あと二十分《にじっぷん》で出《で》なくちゃいけないけど、フルターンくらいなら教《おし》えてあげれるから」

「今日《きょう》の明日《あした》で、大丈夫《だいじょうぶ》ー？　よけいに混乱《こんらん》して失敗《しっぱい》するかもよー？」

亜蓮《あれん》くんはからかうように笑《わら》ってるけど、美音《みおん》さんは揺《ゆ》らがない。

「……ショコラちゃんは、やるよね？」

まっすぐに見《み》てきた美音《みおん》さんの目《め》に、試《ため》されてる気《き》がした。

「やります。美音《みおん》さん、よろしくお願《ねが》いします」

私《わたし》は、美音《みおん》さんの目《め》をまっすぐに見《み》て言《い》った。

「そうこなくっちゃ」

美音《みおん》さんは満足《まんぞく》そうに、微笑《ほほえ》んだ。

美音《みおん》さんは私《わたし》にターンのやり方《かた》を一通《ひととお》り教《おし》えてから、次《つぎ》の仕事《しごと》へと向《む》かった。

「ええっと、片方《かたほう》のつま先《さき》にかぶせるように、横向《よこむ》きに足《あし》を置《お》いて、両方《りょうほう》のつま先《さき》に重心《じゅうしん》を置《お》いて、一気《いっき》に方向《ほうこう》を変《か》える」

ランウェイの下《した》で、私《わたし》は一人《ひとり》、ターンの練習《れんしゅう》をしていた。

「わぁ！　映画《えいが》の桜色《さくらいろ》メンバーだよ！　やっぱりこの三人《さんにん》がいいよねー」

聞《き》こえてきた声《こえ》に、ランウェイを見上《みあ》げると、ちょうどスペシャルステージのリハが行《おこな》われていた。

海留《かいる》さんと登生《とうい》は、愛《あい》さんを真《ま》ん中《なか》にして、腕《うで》を組《く》んで仲良《なかよ》く歩《ある》いてくる。

一年前《いちねんまえ》、三角関係《さんかくかんけい》だった三人《さんにん》は、今《いま》どんな気持《きも》ちでここに立《た》ってるのかな。

三人《さんにん》はランウェイの先《さき》まで来《く》ると、組《く》んでいた腕《うで》を離《はな》して、一人《ひとり》ずつ、T《ティー》の字《じ》になった右側《みぎがわ》のランウェイへと歩《ある》き出《だ》す。

あれ？　なんだか愛《あい》さんの顔色《かおいろ》がよくない気《き》がするけど……。

そう思《おも》っていたら、愛《あい》さんがランウェイの上《うえ》で、急《きゅう》にしゃがみこんで苦《くる》しそうに胸《むね》を押《お》さえた。

浅《あさ》くて速《はや》い呼吸《こきゅう》をしていて、とても苦《くる》しそう。

「愛《あい》⁉」

登生《とうい》が駆《か》けよって、愛《あい》さんの背中《せなか》を支《ささ》える。

海留《かいる》さんやスタッフの人《ひと》たちも駆《か》けつけて、ステージの上《うえ》が騒然《そうぜん》とする。

心配《しんぱい》になってランウェイの下《した》からずっと見《み》てたけど、やがて登生《とうい》は、愛《あい》さんに肩《かた》を貸《か》して、舞台《ぶたい》の袖《そで》へ連《つ》れていった。

それを見届《みとど》けてから、スタッフさんが大《おお》きな声《こえ》をはり上《あ》げた。

「とりあえず、先《さき》にFanFan《ファンファン》のリハをやりますね！　誰《だれ》か声《こえ》かけてきてください」

その声《こえ》に、現場《げんば》は再《ふたた》び、あわただしく動《うご》きはじめた。

……愛《あい》さん、大丈夫《だいじょうぶ》かな。

どうしても気《き》になって、私《わたし》は通路《つうろ》に出《で》て、二人《ふたり》を探《さが》しはじめた。


二人《ふたり》はどこに行《い》ったんだろう。

出演者《しゅつえんしゃ》の控《ひか》え室《しつ》にはいなかったし、二階《にかい》の客席《きゃくせき》も回《まわ》ったけど、見当《みあ》たらない。

一階《いっかい》のロビーや階段《かいだん》にもいなくて、もう探《さが》すのをやめようかと思《おも》った時《とき》だった。

「そう。その調子《ちょうし》で、ゆっくり息《いき》を吸《す》って」

今《いま》、登生《とうい》の声《こえ》がした？

声《こえ》の聞《き》こえた方《ほう》に行《い》くと、ひっそりとした通路《つうろ》の奥《おく》の長椅子《ながいす》に、二人《ふたり》が座《すわ》っているのが見《み》えた。

なんで、こんな人気《ひとけ》のないところにいるの？

登生《とうい》は愛《あい》さんの横《よこ》に座《すわ》って、愛《あい》さんの背中《せなか》をさすりながら言《い》った。

「ほら、落《お》ち着《つ》いて。もう一回《いっかい》ゆっくり息《いき》を吸《す》って……、吐《は》いて」

愛《あい》さんは登生《とうい》の声《こえ》に従《したが》って、苦《くる》しそうに、息《いき》を吸《す》っては吐《は》いてをくり返《かえ》している。

何度《なんど》かくり返《かえ》すうちに、少《すこ》しずつ愛《あい》さんの呼吸《こきゅう》が落《お》ち着《つ》いていった。

「……登生《とうい》くん、ありがとう。ごめんね、リハの最中《さいちゅう》だったのに」

「気《き》にするなよ。過呼吸《かこきゅう》の症状《しょうじょう》、まだ、時々出《ときどきで》るのか？」

「最近《さいきん》はね、前《まえ》より減《へ》ったんだ。体調《たいちょう》をみながら仕事《しごと》もセーブしてるから。映画《えいが》の撮影《さつえい》の頃《ころ》はしょっちゅう発作《ほっさ》が起《お》きて、そのたびに登生《とうい》くんがついててくれたよね」

愛《あい》さんの言葉《ことば》にドキッとなる。

前《まえ》にも、こうして登生《とうい》は愛《あい》さんのそばにいたんだ。

私《わたし》の知《し》らない、二人《ふたり》だけの時間《じかん》。

「あの頃《ころ》、愛《あい》は忙《いそが》しすぎたんだよ。調子《ちょうし》も悪《わる》くなるよな」

「私《わたし》のいけないところだよね。頼《たの》まれると断《ことわ》れなくて、大丈夫《だいじょうぶ》ですって言《い》ってるうちに、どんどん追《お》い詰《つ》められてた。ダメな性格《せいかく》だよね」

「ダメなんかじゃねーよ。愛《あい》は人《ひと》の気持《きも》ちを考《かんが》えすぎるんだよ」

優《やさ》しい登生《とうい》の言葉《ことば》に、愛《あい》さんは、ぽろっと涙《なみだ》をこぼす。

「そんなこと、ないよ……」

静《しず》かにこぼれた涙《なみだ》を、登生《とうい》がそっと指《ゆび》でぬぐった。

そのしぐさに、友達以上《ともだちいじょう》の何《なに》かを感《かん》じてしまった。

これ以上《いじょう》、二人《ふたり》を見《み》てちゃダメだ。

心臓《しんぞう》がドクドクと音《おと》をたてて、私《わたし》に警告《けいこく》してくる。けど、二人《ふたり》から目《め》を離《はな》せない。

「ショコラちゃん」

急《きゅう》に後《うし》ろから声《こえ》をかけられて、びくっと肩《かた》を揺《ゆ》らして振《ふ》り返《かえ》ると、

「海留《かいる》さん⁉」

「盗《ぬす》み見《み》はよくないよ、ショコラちゃん」

海留《かいる》さんの言葉《ことば》に、カッと頬《ほお》が赤《あか》くなる。まさか見《み》られてたなんて……。

「気《き》になるんだ？　あの二人《ふたり》のこと」

海留《かいる》さんは探《さぐ》るような瞳《ひとみ》で、私《わたし》を見《み》てくる。

心《こころ》まで見透《みす》かされそうで、私《わたし》は目《め》をそらした。

「……教《おし》えてあげようか。俺《おれ》たちが三角関係《さんかくかんけい》だった頃《ころ》の話《はなし》」

「！」

海留《かいる》さんの言葉《ことば》にはっとして、顔《かお》を上《あ》げてしまった。

「聞《き》きたくても、登生《とうい》には聞《き》けないんだろ？」

「それは……」

ホントはすごく聞《き》きたい。

でも、登生《とうい》の過去《かこ》の恋愛《れんあい》を海留《かいる》さんから聞《き》くなんて、ずるいかな。

悩《なや》んでいることもお見通《みとお》しなのか、海留《かいる》さんはにこやかに言《い》った。

「登生《とうい》に気《き》を使《つか》ってるの？　これから話《はな》すことは、俺《おれ》が話《はな》したくて話《はな》すんだから。ショコラちゃんは、偶然《ぐうぜん》それを聞《き》いちゃった、それだけだよ」

海留《かいる》さんは、いたずらっぽく私《わたし》にウインクをした。

ずるいな。そんなふうに言《い》われたら、聞《き》くしかなくなるよ……。

海留《かいる》さんと私《わたし》は、誰《だれ》もいない非常階段《ひじょうかいだん》の踊《おど》り場《ば》までやってきた。

「どこから話《はな》せばいいのかな。……映画《えいが》の撮影《さつえい》が始《はじ》まって、俺《おれ》はすぐに愛《あい》を気《き》に入《い》って、声《こえ》をかけたよ。はじめは軽《かる》い気持《きも》ちだったけど、いつのまにか本気《ほんき》になってた。愛《あい》はおとなしいし、奥手《おくて》な子《こ》だろ？　時間《じかん》をかけて振《ふ》り向《む》かせるつもりだった。けど、そのうち愛《あい》と登生《とうい》がどんどん仲良《なかよ》くなっていって、あせりはじめた」

登生《とうい》の名前《なまえ》が出《で》てきて、ドキッとする。

「愛《あい》はその頃《ころ》、ＣＭ《シーエム》をきっかけに、急《きゅう》に人気《にんき》が出《で》はじめて忙《いそが》しくなったから、まともに学《がっ》校《こう》にも行《い》けなくなってた。まじめなうえに、嫌《いや》なことを嫌《いや》と言《い》えない性格《せいかく》だから、心身《しんしん》ともに追《お》いつめられて……、さっきみたいな過呼吸《かこきゅう》の発作《ほっさ》をくり返《かえ》して、俺《おれ》も登生《とうい》も、よく付《つ》き添《そ》ってた。けど、そのうち俺《おれ》は、愛《あい》がそばにいて欲《ほ》しいのは登生《とうい》なんだって、気《き》づいちゃったんだよね」

海留《かいる》さんは、一瞬《いっしゅん》、切《せつ》なそうな表情《ひょうじょう》を浮《う》かべた。

「あせった俺《おれ》は、映画《えいが》の撮影《さつえい》が終《お》わる前《まえ》に、愛《あい》に告白《こくはく》した。……ふられたけどね」

髪《かみ》をかきあげながら、海留《かいる》さんは苦笑《くしょう》した。

「あとにも先《さき》にも、自分《じぶん》から告《こく》ってふられたのは、愛《あい》だけだよ。……で、きっと二人《ふたり》はくっつくんだろうって思《おも》ってた。撮影《さつえい》が全部《ぜんぶ》終《お》わって、登生《とうい》が愛《あい》に告白《こくはく》したけどふられたって聞《き》いた時《とき》は驚《おどろ》いたよ。誰《だれ》が見《み》たって想《おも》い合《あ》ってる二人《ふたり》だったから」

その言葉《ことば》に、ズキッと胸《むね》が痛《いた》んだ。

やっぱり、二人《ふたり》は両想《りょうおも》いだったんだよね……。

「半年《はんとし》くらいしてから、愛《あい》が恋愛禁止《れんあいきんし》の事務所《じむしょ》にいたから誰《だれ》とも付《つ》き合《あ》えなかったって聞《き》いて、もっと驚《おどろ》いたよ。……そんなこと守《まも》る人《ひと》、いるんだ？　って」

海留《かいる》さんは肩《かた》をすくめて笑《わら》ったけど……、海留《かいる》さんは守《まも》らなすぎだよ！

「だけど、愛《あい》は事務所《じむしょ》を替《か》わったからね。こうして登生《とうい》と運命《うんめい》の再会《さいかい》を果《は》たしたことだし、今度《こんど》こそあの二人《ふたり》は結《むす》ばれるんじゃないかな」

「えっ？」

「登生《とうい》は、本気《ほんき》で愛《あい》を想《おも》ってたんだよ」

「！」

海留《かいる》さんの言葉《ことば》は、私《わたし》の不安《ふあん》な心《こころ》に、追《お》いうちをかける。

私《わたし》も、心《こころ》のどこかで気《き》づいてた。

愛《あい》さんを心配《しんぱい》する登生《とうい》の瞳《ひとみ》に、愛《いと》しさがにじんでいたことを。

登生《とうい》を見《み》てると、愛《あい》さんを特別《とくべつ》に想《おも》ってることはわかっちゃうんだよ。

そして今《いま》も、登生《とうい》は私《わたし》とではなく、愛《あい》さんと一緒《いっしょ》にいる。

……登生《とうい》は、私《わたし》と愛《あい》さん、どっちが好《す》きなんだろう？

「だからさ、もう登生《とうい》はやめて、俺《おれ》にしたら？」

「え？」

海留《かいる》さんの口《くち》から出《で》てきた言葉《ことば》に、ぽかんとしてしまう。

「ひとめ見《み》た時《とき》から、君《きみ》のことが、気《き》になってしかたなかった」

そう言《い》って海留《かいる》さんは、私《わたし》の後《うし》ろの壁《かべ》に両手《りょうて》をついて、私《わたし》の逃《に》げ場《ば》をなくした。

わわっ、これって、いわゆる壁《かべ》ドン!?

翔真《しょうま》に壁《かべ》ドンされるなんて、ちょっと前《まえ》の私《わたし》なら、うれしすぎてキュン死《し》しそうだったけど。

今《いま》の私《わたし》は、目《め》の前《まえ》の翔真《しょうま》にドキドキしながらも、この流《なが》れはまずいぞって、頭《あたま》ではわかっている……けど！

「俺《おれ》は翔真《しょうま》より、ずっと優《やさ》しくするよ」

そう言《い》って、顔《かお》を近《ちか》づけてきたから、あわてて言《い》った。

「やめてください！　私《わたし》、それでも登生《とうい》のことが好《す》きだから！」

海留《かいる》さんの胸《むね》を押《お》して、突《つ》き放《はな》そうとしたその時《とき》、

「!?」

私《わたし》の両手首《りょうてくび》は強《つよ》い力《ちから》でつかまれて、壁《かべ》に押《お》し付《つ》けられた。

空手《からて》で鍛《きた》えてるはずなのに、海留《かいる》さんの力《ちから》はもっと強《つよ》くて抗《あらが》えない。

「……なんだよ、みんなして登生《とうい》、登生《とうい》って……、むかつくんだよ」

普段明《ふだんあか》るい海留《かいる》さんとは別人《べつじん》のような、低《ひく》い声《こえ》がもれた。

「海留《かいる》さん……？」

「ただのモデルだろ？　知名度《ちめいど》も人気《にんき》も俺《おれ》より下《した》なのに、どうして、あいつなんだよ？」

海留《かいる》さんは冷《つめ》たい目《め》をして、私《わたし》の手首《てくび》をつかむ手《て》に、さらに力《ちから》を込《こ》める。

「！」

海留《かいる》さんは、登生《とうい》に嫉妬《しっと》してるの？

いつも明《あか》るい海留《かいる》さんの裏《うら》の顔《かお》を見《み》た気《き》がした。

すると、海留《かいる》さんは口《くち》の端《はし》を上《あ》げて笑《わら》った。

「ショコラちゃん、あいつとまだキスしてないよね」

「えっ！」

こんな状況《じょうきょう》なのに、思《おも》わず顔《かお》がかあっと赤《あか》くなってしまう。

「その反応《はんのう》、わかりやすいな」

そう言《い》いながら、顔《かお》を寄《よ》せてきたから、必死《ひっし》で顔《かお》を横《よこ》に背《そむ》けてギュッと目《め》をつぶった。

登生《とうい》、助《たす》けて――!

心《こころ》の中《なか》で叫《さけ》んだ時《とき》だった。


バシャバシャッ。


撮影《さつえい》の時《とき》によく聞《き》くカメラのシャッター音《おん》が、非常階段《ひじょうかいだん》に響《ひび》いた。

「え……?」

目《め》を開《あ》けると、海留《かいる》さんが呆然《ぼうぜん》として横《よこ》を向《む》いていた。

海留《かいる》さんの目線《めせん》の先《さき》には、カメラを片手《かたて》に、不敵《ふてき》な笑《え》みを浮《う》かべた男《おとこ》の人《ひと》がいた。

「スクープ、頂《いただ》いたよ」

男《おとこ》の人《ひと》は、それだけ言《い》うと、くるっと背中《せなか》を向《む》けて通路《つうろ》の向《む》こうへと走《はし》り出《だ》した。

「おい、待《ま》てよ!」

海留《かいる》さんは我《われ》に返《かえ》って、すぐにその男《おとこ》の人《ひと》を追《お》いかけていった。

もしかして今《いま》、写真《しゃしん》に撮《と》られちゃったの――!?

6 スキャンダルは困《こま》ります

「ど、どうしよう……!?」

一人非常階段《ひとりひじょうかいだん》に取《と》り残《のこ》された私《わたし》は、その場《ば》にへたっと座《すわ》りこんだ。

今《いま》のって、たぶんマスコミの人《ひと》だよね？

待《ま》って、あのタイミングで撮《と》られたってことは……、海留《かいる》さんが私《わたし》にキスしようとしてる写真《しゃしん》が、世間《せけん》に広《ひろ》まったり、週刊誌《しゅうかんし》に載《の》っちゃったりするってこと!?

それって、かなりマズイよ！

何《なに》より、登生《とうい》に見《み》られたら、なんて思《おも》われるんだろう？　もう嫌《きら》われるかもしれない。

さっき海留《かいる》さんには近《ちか》づくなって、言《い》われたばっかりだったのに！

「あーっ、どうしよう！」

考《かん》えれば考《かん》えるほど、パニックになるよ！

「とりあえず、ちぇるし～に相談《そうだん》しよう！」

私《わたし》はふらふらと立《た》ち上《あ》がって、控《ひか》え室《しつ》へと向《む》かった。


コスメボックスを取《と》りに戻《もど》ると、海留《かいる》さんとマネージャーの星野《ほしの》さん、一星《いっせい》さんの三人《さんにん》が、難《むずか》しい顔《かお》をして話《はな》しているところだった。

もしかして、さっきの写真《しゃしん》のこと……？

「ショコラさん、ちょうどよかった。こちらに来《き》てください」

一星《いっせい》さんに声《こえ》をかけられて、おそるおそる三人《さんにん》のところまで行《い》くと、一星《いっせい》さんがためらいがちに聞《き》いてきた。

「いま、藤田《ふじた》くんのマネージャーさんから聞《き》きましたが……、さきほどマスコミに藤田《ふじた》くんとの写真《しゃしん》を撮《と》られたというのは、本当《ほんとう》のことですか」

「……はい」

私《わたし》はうつむきながらうなずくと、一星《いっせい》さんは短《みじか》いため息《いき》をついた。

するとマネージャーの星野《ほしの》さんが、ピリピリしながら言《い》った。

「スキャンダル写真《しゃしん》については、流出《りゅうしゅつ》しないよう、事務所《じむしょ》で最大限《さいだいげん》の努力《どりょく》はします。ショコラさんには、しばらくのあいだ、海留《かいる》との接触《せっしょく》を避《さ》けていただきたい。いいですね？」

言《い》い方《かた》は丁寧《ていねい》だけど、その冷《つめ》たい言葉《ことば》の奥《おく》には二度《にど》と近《ちか》づくなという警告《けいこく》が込《こ》められている。

私《わたし》は黙《だま》ってうなずいた。

「あと、しばらくのあいだ、ショコラさんもマスコミに狙《ねら》われるかと思《おも》います。事務所《じむしょ》に入《はい》っていないそうですし、Ripple《リップル》さんの方《ほう》で、それなりの対策《たいさく》をしたほうが良《よ》いかと思《おも》いますよ。くれぐれも、うちの海留《かいる》との関係《かんけい》は否定《ひてい》するよう、お約束《やくそく》いただきたい」

「はい」

思《おも》ってた以上《いじょう》に、みんなに迷惑《めいわく》をかけてるみたい。

考《かんが》えてみれば、海留《かいる》さんは人気《にんき》アイドルだもんね。

私《わたし》はただ、うつむいて大人《おとな》の話《はなし》にうなずくことしかできなかった。

「海留《かいる》もわかったな。二度《にど》とこの子《こ》に近《ちか》づくな」

「……わかりましたよ」

海留《かいる》さんも、さすがに反省《はんせい》してるのか、それ以上何《いじょうなに》も言《い》わなかった。

そうして二人《ふたり》は帰《かえ》っていき、一星《いっせい》さんと私《わたし》だけが残《のこ》った。

ふーっと一星《いっせい》さんが深《ふか》いため息《いき》をついたから、私《わたし》は小《ちい》さな声《こえ》で謝《あやま》った。

「あの、一星《いっせい》さんにまで迷惑《めいわく》をかけてしまって、すみませんでした」

すると、一星《いっせい》さんは、ふっと優《やさ》しい笑顔《えがお》を返《かえ》してくれる。

「迷惑《めいわく》だなんて思《おも》っていませんよ。写真《しゃしん》はあちらの事務所《じむしょ》がもみ消《け》してくれるでしょう。ただ、先《さき》ほども言《い》われたとおり、しばらくマスコミに狙《ねら》われるでしょうから、何《なに》か対策《たいさく》を考《かんが》えなくてはいけませんね。ショコラさんのことをいろいろと調《しら》べあげて、仕事場《しごとば》への出《で》入《い》り、学校《がっこう》や自宅《じたく》に張《は》り込《こ》むこともありえます。そうすると、ショコラさんの家族《かぞく》の方《かた》にご迷惑《めいわく》が……」

「学校《がっこう》や自宅《じたく》まで？」

ショコラのこと調《しら》べたって、何《なに》も出《で》てこないけど、ショコラのことをつけられたり、いろいろ調《しら》べられるのは絶対《ぜったい》にまずい！

私《わたし》、どうしたらいいんだろう……。

私《わたし》の不安《ふあん》が伝《つた》わったのか、一星《いっせい》さんはおだやかに付《つ》け加《くわ》えた。

「なるべく僕《ぼく》も力《ちから》になりますから、心配《しんぱい》しすぎないでくださいね」

優《やさ》しい言葉《ことば》に、少《すこ》しだけ不安《ふあん》が消《き》える。

すると、一星《いっせい》さんがためらいながら、私《わたし》に問《と》いかけた。

「僕《ぼく》は写真《しゃしん》を見《み》ていないのですが、一体《いったい》どのような写真《しゃしん》を撮《と》られたのですか？　……言《い》える範囲《はんい》でかまいませんが」

あまり言《い》いたくはなかったけど、一星《いっせい》さんには迷惑《めいわく》かけちゃったし、正直《しょうじき》に言《い》うしかないよね。

「その……、海留《かいる》さんに壁《かべ》ドンされて、顔《かお》を近《ちか》づけられた時《とき》に撮《と》られたんです。角度《かくど》によっては海留《かいる》さんとキスしてるようにも見《み》えたかも」

「ショコラさん」

話《はなし》の途中《とちゅう》で、一星《いっせい》さんが手《て》をあげてさえぎった。

「え？」

一星《いっせい》さんの目線《めせん》の先《さき》を追《お》ってふり返《かえ》ると、後《うし》ろに、登生《とうい》が呆然《ぼうぜん》として立《た》っていた。

「……登生《とうい》⁉」

「なんの話《はなし》だよ、それ……」

どうしよう、今《いま》の聞《き》かれてた？　ただ登生《とうい》を見《み》つめた。

私《わたし》はさっと青《あお》くなって、ただ登生《とうい》を見《み》つめた。

「海留《かいる》さんとキスって、なんだよ⁉」

登生《とうい》は強《つよ》い力《ちから》で、ぐっと私《わたし》の肩《かた》をつかんで問《と》い詰《つ》める。

「登生《とうい》くん、落《お》ち着《つ》いてください。僕《ぼく》が説明《せつめい》します」

「え？」

登生《とうい》はつかんでいた肩《かた》を離《はな》して、一星《いっせい》さんを見《み》た。

「ショコラさんは、非常階段《ひじょうかいだん》で、藤田《ふじた》くんに迫《せま》られているところを、マスコミに写真《しゃしん》を撮《と》られてしまった、それだけです」

「それだけって……、意味《いみ》わかんねーよ！　ショコラはなんで海留《かいる》さんと二人《ふたり》でそんなところにいたんだよ？　海留《かいる》さんに近《ちか》づくなって、言《い》ったよな？」

「ごめん、……海留《かいる》さんに、聞《き》きたいことがあって」

「なんだよ、聞《き》きたいことって」

登生《とうい》には言《い》えないよ。

一年前《いちねんまえ》、愛《あい》さんと登生《とうい》が、どんな関係《かんけい》だったのか知《し》りたかった、なんて。

しばらくのあいだ、沈黙《ちんもく》が続《つづ》いていたけど、

「申《もう》し訳《わけ》ありませんが、そろそろ僕《ぼく》は打《う》ち合《あ》わせに戻《もど》らねばなりません。ショコラさんは僕《ぼく》が車《くるま》で送《おく》りますから、ここで待《ま》っていてもらえますか。登生《とうい》くんも、今《いま》から販売《はんばい》ブースでコラボ商品《しょうひん》の打《う》ち合《あ》わせがありますよね？　もう行《い》きましょう」

「……わかった」

登生《とうい》はまだ何《なに》か言《い》いたそうだったけど、口《くち》をつぐんだ。

「藤田《ふじた》くんのマネージャーも、ショコラさんと藤田《ふじた》くんの接触《せっしょく》は避《さ》けるように念《ねん》を押《お》していましたし、今後《こんご》二人《ふたり》が近《ちか》づくことはないでしょうから」

登生《とうい》は不機嫌《ふきげん》な顔《かお》をしたまま、一星《いっせい》さんに連《つ》れられて行《い》ってしまった。

……私《わたし》、なんてことしちゃったんだろう。

海留《かいる》さんに近《ちか》づくなって言《い》われたのに、二人《ふたり》きりになって、キスされそうになったなんて……最低《さいてい》だ。

もう、登生《とうい》に嫌《きら》われちゃったかもしれない。

じわっと涙《なみだ》がにじんだけど、泣《な》いちゃダメだ。全部《ぜんぶ》、自分《じぶん》が悪《わる》いんだから。

明日《あした》はＪＧＣ《ジェイジーシー》の本番《ほんばん》なのに、これ以上《いじょう》ないほどサイアクな気分《きぶん》だよ……。

六時《ろくじ》を過《す》ぎて一星《いっせい》さんの仕事《しごと》が一段落《いちだんらく》すると、私《わたし》は帰《かえ》り支度《じたく》を始《はじ》めた。

ずっと登生《とうい》とはギクシャクしたままで、気分《きぶん》は重《おも》い。

すると、一星《いっせい》さんがあわてて駆《か》けよってきた。

「今《いま》、星野《ほしの》マネージャーから連絡《れんらく》があり、関係者出入《かんけいしゃでい》り口《ぐち》に先《さき》ほど写真《しゃしん》を撮《と》った記者《きしゃ》が張《は》り込《こ》んでいるそうです。自宅《じたく》までつけられる可能性《かのうせい》もあるから、注意《ちゅうい》してほしいと」

「えっ!?」

急《きゅう》に心臓《しんぞう》がドクドクと鳴《な》って、あせりはじめる。

家《いえ》までついてこられたら困《こま》るよ！

ショコラの姿《すがた》のまま、ここあの家《いえ》に入《はい》れないし！

「明日《あした》は本番《ほんばん》ですし、今日《きょう》は家《いえ》に帰《かえ》らず、ホテルに泊《と》まるほうが良《よ》いかもしれません。けれど、家族《かぞく》の方《かた》になんて言《い》うかが……」

「夏休《なつやす》みだし、家族《かぞく》には友達《ともだち》の家《いえ》に泊《と》まることにしたって言《い》います。けど、私《わたし》、お金《かね》がないしホテルに泊《と》まるのは無理《むり》かも……」

財布《さいふ》には、帰《かえ》りの交通費《こうつうひ》くらいしか残《のこ》ってないから、どうしよう？

「安心《あんしん》して隠《かく》れられる場所《ばしょ》というと……」

一星《いっせい》さんが、腕組《うでぐ》みをして考《かんが》え込《こ》んでいると、

「Ripple《リップル》の本社《ほんしゃ》ビルは？」

そこに登生《とうい》が現《あらわ》れて、得意《とくい》げに提案《ていあん》した。

「ほとんど使《つか》ってない部屋《へや》もあるし、応接室《おうせつしつ》に大《おお》きいソファもあるから、一泊《いっぱく》くらいならなんとかなるんじゃねーの？」

「本社《ほんしゃ》ビルですか、いいですね。警備員《けいびいん》もいますし、マスコミも簡単《かんたん》に入《はい》ってはこられな

いでしょう」

一星《いっせい》さんも、笑顔《えがお》でうなずいた。

Ripple《リップル》の本社《ほんしゃ》ビルか。確《たし》かにそれなら自宅《じたく》がバレずにすむもんね！

「登生《とうい》、ありがとう」

ほっとしてお礼《れい》を言《い》うと、登生《とうい》はニッと笑《わら》って言《い》った。

「一星《いっせい》さん、俺《おれ》も今日《きょう》、そこに泊《と》まるから」

「え？」

私《わたし》も一星《いっせい》さんも、黙《だま》って登生《とうい》を見《み》つめた。

登生《とうい》も一緒《いっしょ》に泊《と》まるって……？

「ええええええっ!?」

思《おも》わず赤《あか》くなって、叫《さけ》んでしまった。

すると、一星《いっせい》さんがこめかみに指《ゆび》を当《あ》てて、ため息《いき》をついた。

「それは賛成《さんせい》しかねます。そんなことをしたら、僕《ぼく》が社長《しゃちょう》に怒《おこ》られますよ」

「でもさ、女《おんな》の子《こ》一人《ひとり》でRipple《リップル》のビルに泊《と》まるのもまずいんじゃねーの？　ほかのフロアにはちがう会社《かいしゃ》の事務所《じむしょ》が入《はい》ってるんだし、危《あぶ》なくない？」

「確《たし》かに、無用心《ぶようじん》ではありますが……」

私《わたし》はドキドキしながら、二人《ふたり》の会話《かいわ》のゆくえを聞《き》いていた。

「ショコラは応接室《おうせつしつ》のソファで寝《ね》て、俺《おれ》は社長室《しゃちょうしつ》の隣《となり》にある特別室《とくべつしつ》で寝《ね》るからさ。……ってことで、いいだろ？　会社以外《かいしゃいがい》にショコラが泊《と》まれるようなところ、ないんじゃねーの？」

一星《いっせい》さんは、ため息《いき》をついてから、あきらめたように言《い》った。

「……わかりました。登生《とうい》くんを信《しん》じますよ」

「さすが、一星《いっせい》さん！　じゃ、すぐに用意《ようい》してくる！」

そう言《い》って、登生《とうい》は楽《たの》しそうに荷物《にもつ》を取《と》りに行《い》く。

「えっ、えっ？」

ホントに決《き》まっちゃったの⁉

いきなり登生《とうい》とお泊《と》まりだなんて、うれしいけど、ドキドキしすぎて、どうしよう⁉

7 胸《むね》キュン♥夜景《やけい》デート

星野《ほしの》マネージャーが言《い》ってたとおり、関係者出入《かんけいしゃでい》り口《ぐち》には、さっき写真《しゃしん》を撮《と》った記者《きしゃ》の人《ひと》がいた。

私《わたし》を見《み》つけて、すぐに近《ちか》づいてきたけど、一星《いっせい》さんがうまくかわしながら、てぎわよく私《わたし》たちを車《くるま》に乗《の》せてくれた。

車《くるま》が動《うご》き出《だ》して、やっとホッとできた。

「もしかすると、この車《くるま》も追《お》いかけられているかもしれませんが……、行《ゆ》く先《さき》がRipple《リップル》の本社《ほんしゃ》なら問題《もんだい》ないでしょう。明日《あした》の朝《あさ》も、僕《ぼく》が迎《むか》えに来《き》ますから」

「はい」

横《よこ》に座《すわ》っている登生《とうい》を見《み》たら、ふっと笑顔《えがお》をくれたから、ドキドキしてきた。

二十分《にじっぷん》くらいで、Ripple《リップル》の本社《ほんしゃ》ビルの地下駐車場《ちかちゅうしゃじょう》に着《つ》いた。

一星《いっせい》さんはまだ仕事《しごと》があるからって、すぐにＪＧＣ《ジェイジーシー》の会場《かいじょう》へと戻《もど》っていった。

登生《とうい》は慣《な》れた様子《ようす》で、駐車場《ちゅうしゃじょう》のエレベーターのボタンを押《お》した。

「Ripple《リップル》の本社《ほんしゃ》、ショコラは初《はじ》めて来《く》るよな？」

「……そう、だね」

ホントは少《すこ》し前《まえ》に来《き》たんだよ。

その時《とき》、愛《あい》さんは登生《とうい》に告白《こくはく》してたよね。そして今日《きょう》だって……。

それから二人《ふたり》はどうなったの？

すぐ隣《となり》に登生《とうい》がいるのに、一番《いちばん》聞《き》きたいことは、やっぱり聞《き》けなかった。

「あ、一星《いっせい》さんからラインが来《き》た。さっきの記者《きしゃ》、やっぱり俺《おれ》らの車《くるま》のあとをつけてたらしいぜ。ビルの近《ちか》くに車《くるま》をとめて張《は》り込《こ》みしてるって」

「うそ、ここまで？」

「しつこいやつだな。海留《かいる》さんはガードが厳《きび》しいから、ショコラを狙《ねら》ってんのかな。今日《きょう》はこのビルから出《で》ないほうがいいな」

「うん……」


登生《とうい》は社長室《しゃちょうしつ》のあるフロアの、応接室《おうせつしつ》と書《か》かれた部屋《へや》に私《わたし》を通《とお》してくれた。

「広《ひろ》くてステキなお部屋《へや》だね！　本当《ほんとう》にここを使《つか》わせてもらっていいの？」

「この応接室《おうせつしつ》は、特別《とくべつ》な人《ひと》を招《まね》く時《とき》の部屋《へや》で、普段《ふだん》はあまり使《つか》ってないんだ。今日《きょう》は親父《おやじ》も神戸《こうべ》に出張《しゅっちょう》でいないし、好《す》きに使《つか》ってくれよ」

言《い》われてみると、ソファも座《すわ》りごこちがいいし、置《お》いてある家具《かぐ》も豪華《ごうか》な感《かん》じがする。

「なんか腹《はら》へったなー。外《そと》に食《た》べに行《い》けないし、ピザでもとるか」

登生《とうい》はスマホで、デリバリーピザのサイトを調《しら》べている。

「俺《おれ》は照《て》り焼《や》きチキンにするけど、ショコラは？」

「えーと、私《わたし》はマルゲリータがいいな」

「よし、決定《けってい》！　あとポテトやコーラも付《つ》けようぜ」

「賛成《さんせい》！」

こうしてると、登生《とうい》とデートしてるみたいで、楽《たの》しくなってくる。

久《ひさ》しぶりに登生《とうい》と二人《ふたり》きりで過《す》ごせるんだから、今《いま》だけは、マスコミに追《お》われてることを忘《わす》れて、楽《たの》しもう！


「はぁ、おなかいっぱい！　ごちそうさまでした！」

「ショコラって、モデルのわりに、気持《きも》ちいいくらい、ばくばく食《た》べるよな」

「えっ？」

しまった、大好《だいす》きなピザだったから、いつもどおり、ガツガツ食《た》べちゃった。

美少女《びしょうじょ》ショコラのイメージが、だいなしだよ！

「ごめんね、おいしくてつい……」

好《す》きな人《ひと》の前《まえ》で、がっつくなんてありえないし！

今《いま》さら恥《は》ずかしくなって後悔《こうかい》してると、

「あやまるなよ。おいしそうに食《た》べてくれる子《こ》って、一緒《いっしょ》に食《た》べてて楽《たの》しいじゃん？」

そう言《い》って、笑《わら》ったから、私《わたし》も笑顔《えがお》になる。

いつだって、登生《とうい》はありのままの私《わたし》を見《み》てくれてる。

それなのに、最近《さいきん》の私《わたし》は、いつも頭《あたま》の片隅《かたすみ》に愛《あい》さんの姿《すがた》がちらついて、一人《ひとり》で不安《ふあん》になっちゃうんだ。

……そんな自分《じぶん》が、すごく嫌《いや》だよ。

すると、登生《とうい》が壁《かべ》の掛《か》け時計《どけい》を見《み》て、つぶやいた。

「ショコラ、ちょっと来《き》て。見《み》せたいものがあるから」

「見《み》せたいもの？」

「ああ」

登生《とうい》はソファから立《た》ち上《あ》がり、私《わたし》もあとについていった。


私《わたし》たちはエレベーターで最上階《さいじょうかい》まで行《い》くと、さらに階段《かいだん》を上《のぼ》ってビルの屋上《おくじょう》へ出《で》た。

ドアを開《あ》けたとたん、むわっとした熱《あつ》い風《かぜ》が通《とお》り過《す》ぎていく。

西《にし》の方《ほう》に少《すこ》しだけ青色《あおいろ》を残《のこ》して暗《くら》くなった空《そら》には、星《ほし》が輝《かがや》きはじめている。

「ほら、こっち」

手《て》すりのところまで歩《ある》いていくと、目《め》の前《まえ》には、きれいな東京《とうきょう》の夜景《やけい》が広《ひろ》がっていた。

「わぁ……!!」

白《しろ》やオレンジ、赤《あか》や青《あお》の灯《あか》りがきらきらと揺《ゆ》れて、夜《よる》の東京《とうきょう》は本物《ほんもの》の宝石箱《ほうせきばこ》のように輝《かがや》いている。

「俺《おれ》、昔《むかし》からこの夜景《やけい》を見《み》るのが好《す》きだったんだ」

小《ちい》さな頃《ころ》の登生《とうい》が、ここで夜景《やけい》を見《み》ている姿《すがた》を想像《そうぞう》すると、ちょっとかわいい。

「すごく素敵《すてき》な夜景《やけい》だね。……あっ、あれって、東京《とうきょう》タワー？」

「ああ」

右《みぎ》の方《ほう》に見《み》える、高《たか》くて細長《ほそなが》いあの形《かたち》を、まちがえるはずがない。

高《たか》いビルのあいだからも、ひときわ目立《めだ》ってて、すぐに見《み》つけられる。

「でも、いつもと色《いろ》がちがう？　オレンジ色《いろ》だった気《き》がするけど、今日《きょう》は……もしかして七色《なないろ》に光《ひか》ってる？」

「土曜日《どようび》の夜《よる》は、数時間《すうじかん》だけ七色《なないろ》に光《ひか》らせてるんだ」

「こんな東京《とうきょう》タワー、初《はじ》めて見《み》たよ。すごくキレイ！」

はしゃいで言《い》った私《わたし》に、登生《とうい》はふっと笑顔《えがお》を浮《う》かべた。

「喜《よろこ》んでくれてよかった。明日《あした》はＪＧＣ《ジェイジーシー》の本番《ほんばん》なのに、元気《げんき》なかったから」

……気《き》にかけてくれてたなんて、うれしいな。

「登生《とうい》、ありがとう。ちょっと元気《げんき》が出《で》たよ」

すると、登生《とうい》は急《きゅう》に声《こえ》のトーンを落《お》としてつぶやいた。

「なぁ、正直《しょうじき》に答《こた》えてほしいんだけど。……ショコラは、海留《かいる》さんのこと、好《す》きなのか？」

いきなり海留《かいる》さんの話《はなし》が出《で》てきて、目《め》をぱちくりしたけど、

「ないない！　そんなのありえないよ！」

私《わたし》は手《て》を振《ふ》りながら、あわてて否定《ひてい》した。

「でも、桜色《さくらいろ》の翔真《しょうま》が大好《だいす》きだったんだろ？」

「それとこれとは別《べつ》だよ！　翔真《しょうま》は映画《えいが》の中《なか》の憧《あこが》れの人物《じんぶつ》っていうか……、それに翔真《しょうま》と海留《かいる》さんは全然《ぜんぜん》キャラがちがうし！　翔真《しょうま》は海留《かいる》さんみたいにチャラくないよ！」

必死《ひっし》で言《い》った言葉《ことば》に、登生《とうい》は吹《ふ》き出《だ》した。

「……だな。そこは大《おお》ちがいだ」

「それに、私《わたし》が好《す》きなのは、登生《とうい》だから……」

言《い》いながら恥《は》ずかしくなってきて、最後《さいご》のほうは小《ちい》さな声《こえ》になってしまった。

「……よかった」

登生《とうい》はそれを聞《き》いて、照《て》れたように笑《わら》った。

「あー、っていうか、こういうの、マジでかっこ悪《わる》いよな」

登生《とうい》はふいっと夜景《やけい》に目《め》をやって、ぼやいた。

「え？」

「もっと余裕《よゆう》ぶってたいんだけど……、次《つぎ》から次《つぎ》へと、いろんな男《おとこ》がショコラにちょっかい出《だ》すから、冷静《れいせい》になれねーんだよ」

登生《とうい》は困《こま》ったようにうつむいて、髪《かみ》をかきあげる。

……登生《とうい》も、私《わたし》のことを考《かんが》えて不安《ふあん》になることがあるの？

ちょっとだけ、うれしくなっちゃうよ。

「そんな、私《わたし》のほうが、いつも不安《ふあん》になるよ。愛《あい》さんのことで悩《なや》んだり……、あっ」

しまった！

あわてて口元《くちもと》を押《お》さえたけどもう遅《おそ》い。

「愛《あい》って、なんで……？」

登生《とうい》は驚《おどろ》いた顔《かお》をして私《わたし》を見《み》つめている。

こうなったら、今《いま》、ちゃんと聞《き》かなくちゃ。

私《わたし》は勇気《ゆうき》を出《だ》して、口《くち》を開《ひら》いた。

「ごめんなさい、私《わたし》、海留《かいる》さんから聞《き》いたの。一年前《いちねんまえ》、登生《とうい》と海留《かいる》さんは、愛《あい》さんのことが好《す》きだったって」

すると、登生《とうい》は手《て》すりにもたれて空《そら》を仰《あお》いだ。

「そっか。ショコラは知《し》ってたんだ」

私《わたし》はだまったまま、うなずいた。

「今《いま》となっては過去《かこ》の話《はなし》だけど。俺《おれ》は愛《あい》のことが好《す》きで、告白《こくはく》したけど、ふられた。それだけの話《はなし》だよ」

「……でも、愛《あい》さんはまだ登生《とうい》のことが好《す》きなんでしょ？　今日《きょう》、愛《あい》さんがリハーサルで倒《たお》れたあと、二人《ふたり》でいるところを見《み》ちゃって……」

「！　……見《み》てたのか」

登生《とうい》は額《ひたい》に手《て》を当《あ》てて、動揺《どうよう》している。

どうしよう、言《い》わないほうがよかったのかな。

登生《とうい》は手《て》すりにもたれながら、困《こま》った顔《かお》をして髪《かみ》の毛《け》をかきあげた。

「あー……」

登生《とうい》は言葉《ことば》につまってる。

しばらく続《つづ》いた沈黙《ちんもく》に、私《わたし》はたまらずに切《き》り出《だ》した。

「登生《とうい》は愛《あい》さんのことが好《す》きだったんだよね？　それで愛《あい》さんも登生《とうい》のことが好《す》きってわかったんだし、……でね、もし登生《とうい》がやっぱり愛《あい》さんのこと好《す》きって言《い》うなら、私《わたし》は」

その時《とき》、急《きゅう》に登生《とうい》の腕《うで》が伸《の》びてきて、次《つぎ》の瞬間《しゅんかん》、私《わたし》は登生《とうい》にぎゅっと抱《だ》きしめられた。

「俺《おれ》の気持《きも》ち無視《むし》して、なに一人《ひとり》で突《つ》っ走《ぱし》ってるんだよ」

抱《だ》きしめられて、言《い》おうと思《おも》っていた言葉《ことば》は閉《と》じこめられてしまう。

「愛《あい》のことは、ずいぶん前《まえ》に、ふっきれてたから」

登生《とうい》の腕《うで》の中《なか》で、ドキドキしながら顔《かお》を見上《みあ》げた。

「その顔《かお》、まだ信《しん》じられない？　思《おも》ってることがあるなら、ちゃんと言《い》えよ」

「……愛《あい》さんに好《す》きって言《い》われて、うれしかった？」

すると、登生《とうい》は気《き》まずそうに目《め》をそらして、つぶやいた。

「ウソはつきたくないから、正直《しょうじき》に言《い》うと、ちょっとはうれしかったけど……。でも、今《いま》はショコラへの気持《きも》ちのほうが圧倒的《あっとうてき》に強《つよ》いから。……これで納得《なっとく》？」

登生《とうい》が『ちょっとはうれしかった』って正直《しょうじき》に言《い》ってくれたから、その言葉《ことば》が真実《しんじつ》だって信《しん》じられる。

「うん」

登生《とうい》は抱《だ》きしめていた腕《うで》の力《ちから》をゆるめて、私《わたし》にまっすぐ向《む》き合《あ》うと、優《やさ》しく髪《かみ》をすいてくれた。

「今《いま》の俺《おれ》は、ショコラしか見《み》えないから」

まっすぐな登生《とうい》の想《おも》いに、胸《むね》が甘苦《あまぐる》しくなる。

「俺《おれ》もう一度《いちど》聞《き》いておきたいんだけど……、海留《かいる》さんとは、ホントにキスしてないんだよな？」

急《きゅう》に登生《とうい》はむっとして、私《わたし》をじっと見《み》つめた。

「してない、してないよ！　そのことは、本当《ほんとう》にごめんなさい！」

いきなり海留《かいる》さんの話《はなし》になって、全力《ぜんりょく》で否定《ひてい》した。

「ショコラを誰《だれ》かに取《と》られないか、いつも心配《しんぱい》してるのは俺《おれ》のほうだ」

登生《とうい》はぶっきらぼうに言《い》ってから、まっすぐに私《わたし》を見《み》つめて、私《わたし》の頬《ほお》に手《て》をそえた。

「！」

トクトクと速《はや》く鳴《な》る鼓動《こどう》を聞《き》きながら、登生《とうい》の瞳《ひとみ》を見《み》つめ返《かえ》した。

「ショコラは、誰《だれ》にも渡《わた》さない」

熱《ねつ》のこもった言葉《ことば》に、しびれたように動《うご》けなくなる。

登生《とうい》の顔《かお》がゆっくりと近《ちか》づいてきて、私《わたし》は自然《しぜん》と目《め》を閉《と》じた。

ドキドキしながら、私《わたし》はその瞬間《しゅんかん》を待《ま》っていた。


――ピリリリリッ、ピリリリリッ。

「⁉」

あたりに鳴《な》り響《ひび》いた着信音《ちゃくしんおん》に、私《わたし》と登生《とうい》は、目《め》を開《ひら》いて、ぱっと離《はな》れた。

私《わたし》はあわててポケットから、鳴《な》り続《つづ》けるスマホを取《と》り出《だ》す。

――もう、こんな時《とき》に、いったい誰《だれ》⁉

画面《がめん》を見《み》ると、そこにはママという文字《もじ》が表示《ひょうじ》されていた。

ママ、タイミング悪《わる》すぎだよ……。

出《で》ようか迷《まよ》ったけど、急《いそ》ぎのことかもしれないし、しかたないね……。

私《わたし》は登生《とうい》から離《はな》れて、通話《つうわ》ボタンを押《お》した。

『ここあ？　さっき仕事《しごと》が終《お》わって、今《いま》から帰《かえ》るところなの。思《おも》ったより遅《おそ》くなっちゃって、ごめんね。帰《かえ》りに何《なに》か買《か》って帰《かえ》るから、もうちょっと我慢《がまん》してて』

「あっ」

そういえば、今日家《きょういえ》に帰《かえ》れないこと、ママに言《い》ってないよ！

私《わたし》はあわてて話《はな》しはじめた。

「実《じつ》は今日《きょう》ね、急《きゅう》に春香《はるか》の家《いえ》に泊《と》まることになったんだ。だから夕飯《ゆうはん》はいらないから」

「えっ？　急《きゅう》に泊《と》まるなんて、ご迷惑《めいわく》だからやめなさい。ママ、ご挨拶《あいさつ》もしてないし、お土産《みやげ》も持《も》たせてないし」

今日《きょう》はマスコミに狙《ねら》われてて帰《かえ》れないんだってば……なんて言《い》えないし！

「大丈夫《だいじょうぶ》、春香《はるか》のお母《かあ》さんも、いいって言《い》ってくれたから。夏休《なつやす》みだし、いいでしょ？」

お願《ねが》い、ママ！　いいって言《い》って！

「うーん……そうねぇ、じゃあ、春香《はるか》ちゃんのお母《かあ》さんに電話代《でんわか》わってもらえる？　今《いま》からご挨拶《あいさつ》するから」

「えっ」

ヤバイ、春香《はるか》のお母《かあ》さんなんて、ここにいないし！　……やっぱりごまかしきれないかぁ。

「……わかったよ。それなら今日《きょう》は帰《かえ》るから」

「そうね、そのほうがいいわ。ここあに明日《あした》のＪＧＣ《ジェイジーシー》のチケットも渡《わた》さなくちゃいけないし。やっぱり今日《きょう》は帰《かえ》ってきなさい」

「はい……」

そうして、私《わたし》はため息《いき》をついて電話《でんわ》を切《き》った。

「ショコラ、大丈夫《だいじょうぶ》か？」

「ママに帰《かえ》ってきなさいって言《い》われちゃって……、今日《きょう》は帰《かえ》るね」

「でも、外《そと》にはマスコミがいるし、どうするんだよ？　ちょっと変装《へんそう》したくらいじゃバレるだろうし……」

「変装《へんそう》……あっ、そっか！」

登生《とうい》が言《い》った言葉《ことば》に、はっとなる。

「何《なに》か、思《おも》いついた？」

「うん。なんとかいけると思《おも》う。登生《とうい》は待《ま》っててくれる？　うまく切《き》り抜《ぬ》けて駅《えき》に着《つ》いたら電話《でんわ》するから」

「何思《なにおも》いついたんだよ？　俺《おれ》も一緒《いっしょ》に行《い》く！」

「いいの。一人《ひとり》で行《い》かせて。登生《とうい》と一緒《いっしょ》だと、また写真《しゃしん》を撮《と》られちゃうかもしれないし」

「あ、そっか……。わかった。何《なに》かいい作戦《さくせん》があるんだよな？　がんばれよ」

「うん！　登生《とうい》、今日《きょう》はいろいろとありがとう」

登生《とうい》にしっかりとうなずいて、私《わたし》たちは屋上《おくじょう》をあとにした。

私《わたし》は緊張《きんちょう》しながら、Ripple《リップル》の正面玄関《しょうめんげんかん》の自動《じどう》ドアから外《そと》へと出《で》る。

さっと周《まわ》りを見回《みまわ》すと、向《む》かいの道路《どうろ》に止《と》まっていた赤《あか》い車《くるま》から、今日見《きょうみ》た記者《きしゃ》が、駆《か》け寄《よ》って私《わたし》に声《こえ》をかけてきた。

「君《きみ》、ちょっといいかな」

「はい？」

「このビルでさ、ショコラちゃんっていう、背《せ》が高《たか》くてかわいいモデルの女《おんな》の子《こ》、見《み》なかった？」

「さぁ、私《わたし》は見《み》てないです。そんなモデルさん、知《し》らないし」

「そっか。引《ひ》き止《と》めて、ごめんね」

そう言《い》って、車《くるま》へと戻《もど》っていく。

去《さ》っていく後《うし》ろ姿《すがた》を見《み》て、ほっと胸《むね》をなでおろす。

駅《えき》の方《ほう》へと歩《ある》き出《だ》すと、ふわりと私《わたし》の前《まえ》に、ちぇるし～が飛《と》んできた。

「ここあ、うまくいったね～！」

「うん！　バレないってわかってても、ドキドキしたよー！」

変装《へんそう》どころか、変身《へんしん》をやめて、ここあに戻《もど》ればよかっただけで。

ちがうフロアのトイレでちぇるし〜に、ここあに戻《もど》してもらうと、私《わたし》は堂々《どうどう》と正面玄関《しょうめんげんかん》から出《で》ていくことができた。

「あとは駅《えき》に着《つ》いたら、登生《とうい》に電話《でんわ》しないとね」

「登生《とうい》、びっくりするだろうね！」

「ね！」


そのあと、無事駅《ぶじえき》に着《つ》いたよって登生《とうい》に電話《でんわ》したら、すごく驚《おどろ》いてた。

登生《とうい》には、人《ひと》には見《み》せられないくらいの変装《へんそう》をしたって言《い》ったら、大笑《おおわら》いしてた。

ちょっと恥《は》ずかしいけど、この際《さい》しかたないよね。

「こうなったら、ショコラの特技《とくぎ》は変装《へんそう》って、プロフィールに付《つ》け加《くわ》えておかないとね？」

「……だね！」

ちぇるし〜の言葉《ことば》に笑《わら》い合《あ》って、私《わたし》は帰《かえ》りの電車《でんしゃ》に乗《の》り込《こ》んだ。

8 チームRipple《リップル》

いよいよ、JGC《ジェイジーシー》の本番《ほんばん》がやってきた。

私《わたし》の集合時間《しゅうごうじかん》は朝八時《あさはちじ》。ママになんて言《い》おうか悩《なや》んでたけど、スタッフの人《ひと》たちは、さらに三十分《さんじっぷん》早《はや》い集合《しゅうごう》だったみたいで、ママは私《わたし》よりも早《はや》く家《いえ》を出《で》た。

私《わたし》は会場《かいじょう》の最寄《もよ》り駅《えき》に着《つ》くと、トイレに入《はい》って、コスメボックスを開《あ》けた。

「ちぇるし～、ショコラに変身《へんしん》するよ！」

すると、コスメボックスの鏡《かがみ》から、七色《なないろ》の光《ひかり》とともにちぇるし～がふわりと現《あらわ》れた。

「いよいよJGC《ジェイジーシー》だね！　ちぇるし～もドキドキしてきたよー！　じゃあ、今日《きょう》も気合入《きあいい》れていくよー！」

ちぇるし～はうずまきキャンディを掲《かか》げてから、はっとしてその腕《うで》をおろした。

「待《ま》って、もしまたあの記者《きしゃ》がいたら、ショコラの姿《すがた》はマズイんじゃない？」

「まさか、こんな朝早《あさはや》くから？」

でも、昨日《きのう》もRipple《リップル》の本社《ほんしゃ》の前《まえ》で、ずっと張《は》り込《こ》んでたよね。

ありえるかもしれない……。

「とりあえず、ここあのままで行《い》って、様子《ようす》を見《み》ようよ」

「うん」

私《わたし》は不安《ふあん》を抱《かか》えながら、会場《かいじょう》へと急《いそ》いだ。

「うわ、やっぱりいる……！」

会場《かいじょう》の裏側《うらがわ》の関係者出入《かんけいしゃでい》り口《ぐち》に、記者《きしゃ》はいた。

昨日《きのう》と同《おな》じ服《ふく》みたいだけど、もしかしてあのまま一晩中《ひとばんじゅう》、張《は》り込《こ》んでたってこと!?

「ちぇるし～、どうしよう？」

「中《なか》に入《はい》ってからショコラに変身《へんしん》したほうがいいと思《おも》うけど、ここあのままじゃ、受付《うけつけ》で止《と》められそうだよね～」

ちらっと腕時計《うでどけい》を見《み》ると、集合時間《しゅうごうじかん》まで、あと五分《ごふん》しかない。

「もう時間《じかん》がないよ！　どうしよう!?」

「ここあ、落《お》ち着《つ》いて！　そうだ、ここあのママに入《い》れてもらえないかなぁ？」

「うーん、ママかぁ。前《まえ》みたいに忘《わす》れ物《もの》してくれたらなぁ……、あっ、そうだ！　いいこと思《おも》いついたよ！」

「なになに？」

私《わたし》は説明《せつめい》する時間《じかん》もおしくて、すぐにママに電話《でんわ》をかけた。

お願《ねが》い、ママ、電話《でんわ》に出《で》て！

『ここあ？　どうしたの？』

「ママ、よかった！　実《じつ》はね、JGC《ジェイジーシー》のチケットがなくなっちゃったの！　どうしよう？」

『昨日《きのう》の夜《よる》に渡《わた》したのに、なくなったって、どういうこと？』

「ごめんなさい。朝《あさ》からずっと探《さが》してもないから、ママならなんとかしてくれるかもって、会場《かいじょう》まで来《き》たんだよ。でも中《なか》に入《はい》れないし、どうしよう？」

『パスがなくちゃ入《はい》れないわよ。待《ま》ってて、今《いま》そっちに行《い》くから』

しばらくすると、関係者出入り口《かんけいしゃでいりぐち》にママが来《き》たから、私《わたし》はママに駆《か》けよった。

「ここあ！　こんなに早《はや》い時間《じかん》から、よく来《き》たわね」

「この時間《じかん》ならママに会《あ》えるかもしれないって思《おも》ったの。どうしてもJGC《ジェイジーシー》が見《み》たいんだもん！」

出入《でい》り口《ぐち》の真《ま》ん中《なか》で話《はな》していると、大荷物《おおにもつ》を抱《かか》えたスタッフの人《ひと》が迷惑《めいわく》そうに、私《わたし》に声《こえ》をかけた。

「ちょっと、そこ通《とお》してくれる？」

「あ、すみません」

ママは受付《うけつけ》の人《ひと》に、「私《わたし》の付《つ》き添《そ》いです」と声《こえ》をかけて、建物《たてもの》の中《なか》へと私《わたし》を入《い》れてくれた。

「困《こま》ったわね、チケットは完売《かんばい》して当日券《とうじつけん》もないし……。もしかしたら関係者用《かんけいしゃよう》のチケットがあるかもしれないから、一星《いっせい》くんに聞《き》いてみるわ。それでダメならあきらめなさい」

「うん」

そう言《い》って、ママが一星《いっせい》さんを探《さが》しにいくと、すぐに私《わたし》は走《はし》ってトイレへと駆《か》け込《こ》んだ。

「ちぇるし～、今《いま》のうちに、ショコラに変身《へんしん》させて！」

「オッケ～！　いくよ、ちぇるし～の、魔法《まほう》！」

ちぇるし～が、大《おお》きなうずまきキャンディをくるくると回《まわ》すと、キラキラとした七色《なないろ》のうずが出《で》てきて、一気《いっき》に私《わたし》を包《つつ》み込《こ》んでいく。

甘《あま》いキャンディの香《かお》りはまだ残《のこ》っていたけど、待《ま》ちきれずに目《め》を開《あ》けて、すぐにママに電話《でんわ》をかけた。

『ここあ？　今《いま》、一星《いっせい》くんに聞《き》いてみたんだけど』

「あっ、ママ、ごめんね！　今《いま》チケットがみつかったの！　忘《わす》れないようにリュックの小《ちい》さいポケットに入《い》れてたんだ。ホントにごめんなさい！」

『チケット、あったの？　人騒《ひとさわ》がせな子《こ》ね……』

「ママ、ごめんね！　もう大丈夫《だいじょうぶ》だから、ママは仕事《しごと》に戻《もど》って」

『わかったわ。じゃあ、ここあもＪＧＣ《ジェイジーシー》を楽《たの》しんでね』

「うん！」

電話《でんわ》を切《き》ると、ちぇるし～と私《わたし》はハイタッチをした。

「うまくいったね！　ここあ、いってらっしゃい！」

私《わたし》はコスメボックスを手《て》にとって、走《はし》り出《だ》した。


「ショコラ！　よかった、来《き》てくれて！」

集合場所《しゅうごうばしょ》に行《い》くと、すぐに登生《とうい》が駆《か》けよってきてくれた。

「あのあと、ホントに大丈夫《だいじょうぶ》だったか？　さっきもあの記者《きしゃ》がいただろ？　今日《きょう》の朝《あさ》、車《くるま》で一星《いっせい》さんと本社《ほんしゃ》を出《で》た時《とき》に、一緒《いっしょ》についてきたみたいなんだ。俺《おれ》と一星《いっせい》さんしか乗《の》ってないのにな」

登生《とうい》は皮肉《ひにく》っぽく笑《わら》った。

「大丈夫《だいじょうぶ》だよ。実《じつ》は私《わたし》ね、別人《べつじん》みたいに変装《へんそう》するのが得意《とくい》なんだ」

「その変装《へんそう》、すっげー気《き》になるから、今度《こんど》、見《み》せてくれよ！」

「また、ね」

ホントは何度《なんど》も見《み》てるはずだよ。白鳥《しらとり》ここあっていう、本当《ほんとう》の私《わたし》の姿《すがた》、なんだけどね。

いよいよ本番《ほんばん》だから、昨日《きのう》よりもさらにスタッフさんやモデルさんの数《かず》は増《ふ》えて、舞台《ぶたい》裏《うら》や通路《つうろ》、控《ひか》え室《しつ》まで、人《ひと》であふれかえってる。

今日《きょう》のＪＧＣ《ジェイジーシー》を、こんなにも多《おお》くの人《ひと》が支《ささ》えてくれるんだ。

その規模《きぼ》の大《おお》きさを目《ま》の当《あ》たりにして、昨日以上《きのういじょう》に怖《こわ》さと緊張《きんちょう》が、私《わたし》にのしかかってくる。

一度《いちど》に何十人《なんじゅうにん》も着替《きが》えられる、大《おお》きなフィッティングスペースで着替《きが》えをすませると、ヘアメイクのスペースに移動《いどう》した。

そこには長机《ながづくえ》が並《なら》び、何十個《なんじっこ》もあるメイク用《よう》の鏡《かがみ》の前《まえ》で、二十人近《にじゅうにんちか》くのモデルさんがヘアメイクをしてもらっている。

ヘアメイクさんだけでも、すごい数《かず》！

ぐるっと見渡《みわた》したら、ママの姿《すがた》を見《み》つけて、ほっとした。

ママは亜蓮《あれん》くんのヘアメイクをしていた。

「ショコラちゃん、座《すわ》って待《ま》ってて。もうすぐ亜蓮《あれん》くんが終《お》わるから」

今日《きょう》の亜蓮《あれん》くんは、レディースっぽい、肩《かた》が透《す》けた白《しろ》のブラウスに、薄《うす》いデニムの膝丈《ひざたけ》パンツとブーツをはいて、シルバーのブルゾンをはおっていた。

いつもよりもキレイめなジェンダーレスファッション、亜蓮《あれん》くんによく似合《にあ》ってる。

「亜蓮《あれん》くんの衣装《いしょう》、すごくいいね」

「うん。ボクも気《き》に入《い》ってるよー。女《おんな》の子《こ》のお客《きゃく》さんが多《おお》いから、キレイめでウケがいいかも。今回《こんかい》のRipple《リップル》はメタリックと白《しろ》がメインだから、ステージでも映《は》えそうだよねー」

「映《は》えるだけじゃダメなのっ！　Ripple《リップル》が一番目立《いちばんめだ》たなきゃいけないんだからねっ☆」

美音《みおん》さんがやってきて、ガタッと椅子《いす》を引《ひ》いて座《すわ》った。

今日《きょう》の美音《みおん》さんの衣装《いしょう》は、ビッグシルエットのフリンジがついた白《しろ》いセーターに、シルバーのミニスカート、その上《うえ》に重《かさ》ねた白《しろ》のロングのチュールスカートが、ふんわりと揺《ゆ》れている。

足元《あしもと》のシルバーのショートブーツもすごくオシャレ。

亜蓮《あれん》くんは美音《みおん》さんを見《み》ると、ぱたぱたと手《て》であおいだ。

「美音《みおん》ちゃん、今日《きょう》も気合入《きあいはい》りまくりで、暑苦《あつくる》しー」

「当然《とうぜん》でしょっ、今日《きょう》は勝《か》つために来《き》たんだからっ！　亜蓮《あれん》、ジェンダーレスモデルは珍《めずら》しいんだから目立《めだ》ってきてよ？　動物園《どうぶつえん》の客寄《きゃくよ》せパンダ、みたいなものねっ？」

「ふーん、ボクがパンダなら、美音《みおん》ちゃんはウサギの皮《かわ》をかぶったライオンかな？」

「なんですってー⁉」

美音《みおん》さんが立《た》ち上《あ》がった時《とき》、登生《とうい》がやってきた。

「みんな、準備《じゅんび》はどう？」

「きゃーん、登生《とうい》！　今日《きょう》の服《ふく》もサイコーだねっ☆　青《あお》のブルゾンもいいけど、シルバーのパンツをかっこよく着《き》こなせるのは、登生《とうい》しかいないよっ‼」

「サンキュー！　JGC《ジェイジーシー》だし、これくらい派手《はで》でもいいよな？」

「うんっ！　登生《とうい》が一番《いちばん》、ステキだよっ☆」

急《きゅう》に美音《みおん》さんの声《こえ》のトーンが二《ふた》つくらい上《あ》がって、私《わたし》と亜蓮《あれん》くんは苦笑《にがわら》いして顔《かお》を見合《みあ》わせた。

「さぁ、次《つぎ》はショコラちゃんのメイクに入《はい》るわね。みんないつもどおり、リラックスしていい感《かん》じね」

ママに言《い》われて気《き》がついた。

不思議《ふしぎ》だな。みんなと話《はな》してるうちに、さっきまでの緊張《きんちょう》は、いつのまにかどこかに行《い》っちゃったみたい。

一星《いっせい》さんと、ランウェイでの動《うご》きについて最終確認《さいしゅうかくにん》をしていると、後《うし》ろから声《こえ》をかけられた。

「ショコラさん、一星《いっせい》さん、昨日《きのう》はお騒《さわ》がせしました」

振《ふ》り返《かえ》ると、そこには海留《かいる》さんと星野《ほしの》マネージャーが立《た》っていた。

「あれから社長《しゃちょう》とも話《はな》しまして、写真《しゃしん》については記事《きじ》にならぬよう手配《てはい》できましたので、ご安心《あんしん》ください。しばらくは記者《きしゃ》がうろつくかもしれませんが、そのうち静《しず》かになると思《おも》います。いろいろとご迷惑《めいわく》おかけしました。ほら、海留《かいる》もお詫《わ》びを」

「……迷惑《めいわく》かけて、すみませんでした」

言《い》われて海留《かいる》さんは、頭《あたま》を下《さ》げた。

「いえ、迅速《じんそく》な対応《たいおう》をありがとうございました」

「今後一切《こんごいっさい》、ショコラさんに近《ちか》づかないよう言《い》ってますので、ご安心《あんしん》ください。では」

そう言《い》って、星野《ほしの》マネージャーは海留《かいる》さんを連《つ》れていってしまった。

「今後《こんご》一切近《いっさいちか》づかないとは、徹底《てってい》していますね」

一星《いっせい》さんが、二人《ふたり》の後《うし》ろ姿《すがた》を見《み》て言《い》った。

「普通《ふつう》にあいさつするくらいなら、いいんですけど……」

「異性問題《いせいもんだい》はアイドル生命《せいめい》を脅《おびや》かしますから。事務所《じむしょ》も彼《かれ》を抑《おさ》えるのは大変《たいへん》でしょうね。

……それを思《おも》えば、登生《とうい》くんのワガママなんて、かわいいものです。すべてはRipple《リップル》のために考《かんが》えてやっていることですし」

めずらしく一星《いっせい》さんが、登生《とうい》のグチを言《い》ったから、思《おも》わず笑《わら》ってしまった。

「ですね！」

一星《いっせい》さんは腕時計《うでどけい》を見《み》ると、

「まもなく開場《かいじょう》の時間《じかん》ですね。先《さき》ほど外《そと》を見《み》たら、たくさんのお客《きゃく》さんが、会場《かいじょう》の前《まえ》で長《なが》い行列《ぎょうれつ》を作《つく》っていましたよ。さぁ、行《い》きましょうか」

「はい！」

9 光《ひか》り輝《かがや》くランウェイへ！

「たいへん長《なが》らくお待《ま》たせしました！　ジャパン・ガールズ・コレクション、開幕《かいまく》です‼」

MC《エムシー》の声《こえ》を合図《あいず》に、大音量《だいおんりょう》のポップミュージックが流《なが》れて、天井《てんじょう》からキラキラした金色《きんいろ》のテープが客席《きゃくせき》に向《む》かって降《ふ》りそそぎ、会場《かいじょう》は一気《いっき》に盛《も》り上《あ》がった。

「すごい歓声《かんせい》……！」

控《ひか》え室《しつ》に備《そな》え付《つ》けられているモニターからステージの様子《ようす》を見《み》ているけど、歓声《かんせい》は控《ひか》え室《しつ》まで直接《ちょくせつ》聞《き》こえてきて、一気《いっき》に気持《きも》ちがたかぶる。

こんなに大勢《おおぜい》の観客《かんきゃく》の前《まえ》で歩《ある》くなんて、考《かんが》えただけでガクガクと足《あし》が震《ふる》えてくる。

JGC《ジェイジーシー》は三時《さんじ》に開演《かいえん》して、夜《よる》の九時《くじ》まで続《つづ》く。

私《わたし》たちRipple《リップル》のステージは五時《ごじ》くらいだから、まだ二時間近《にじかんちか》くあるんだよね。

それまで、この緊張《きんちょう》に耐《た》えられるかな……。

「ショコラちゃん、今《いま》からウォーキングの練習《れんしゅう》、やるよっ」

「美音《みおん》さん」

「そんな映像《えいぞう》見《み》てても、緊張《きんちょう》するだけでしょっ？　少《すこ》しでも身体《からだ》を動《うご》かしておけば、ちょっとはマシになるかもしれないし？」

「はい！」

私《わたし》はすぐに立《た》ち上《あ》がって、同《おな》じく控《ひか》え室《しつ》で歩《ある》き方《かた》のチェックをしている数人《すうにん》のモデルさんに交《ま》じって、練習《れんしゅう》を始《はじ》めた。


しばらくして、ステージから大《おお》きなどよめきが聞《き》こえた。

モニターを見《み》ると、舞台上《ぶたいじょう》の巨大《きょだい》スクリーンに、大《おお》きく『Honey Trap《ハニートラップ》』の文字《もじ》が映《うつ》し出《だ》されていた。

「きゃあっ☆　ハニトラのステージ!!」

美音《みおん》さんが、はしゃいでモニターに近《ちか》づく。美音《みおん》さんも、ハニトラが好《す》きなんだ。

大《おお》きなスクリーンに、ハニトラのメンバー一人《ひとり》ずつの名前《なまえ》と顔《かお》が映《うつ》し出《だ》されるたびに、女《おんな》の子《こ》たちの黄色《きいろ》い声《こえ》が上《あ》がる。

最後《さいご》に『藤田海留《ふじたかいる》』が紹介《しょうかい》された時《とき》には、さらに大《おお》きく会場《かいじょう》が沸《わ》いた。

やっぱり海留《かいる》さんって、人気《にんき》あるんだな……。

そして、スモークの立《た》ちこめた暗《くら》いステージに、一気《いっき》に照明《しょうめい》がついて『Honey Trap《ハニートラップ》』六人《ろくにん》のメンバーを照《て》らしだした！

そのとき、今日一番《きょういちばん》の大歓声《だいかんせい》が響《ひび》き渡《わた》って、会場《かいじょう》はすごいことになっていた。

「キャーッ、ハニトラだぁ！」

となりの美音《みおん》さんはもちろん、周《まわ》りでモニターを見《み》ていたほかのモデルの子《こ》たちも、ハニトラに釘付《くぎづ》けになってた。

メンバーの名前《なまえ》を呼《よ》ぶ声《こえ》や、キャーッという声《こえ》が飛《と》びかう。

歌《うた》とダンスが始《はじ》まると、会場《かいじょう》は一気《いっき》にハニトラの世界《せかい》になった。

JGC《ジェイジーシー》じゃなく、ハニトラのコンサートに来《き》てるみたい！

ハニトラは歌《うた》もうまいし、息《いき》の合《あ》ったダンスでみんなに人気《にんき》がある。

海留《かいる》さんのアップが映《うつ》ると、昨日《きのう》のことを思《おも》い出《だ》して、思《おも》わずドキッとしてしまう。

歌《うた》って踊《おど》る海留《かいる》さんは、本当《ほんとう》にカッコいいアイドルで、額《ひたい》に流《なが》れる汗《あせ》が、キラキラ輝《かがや》いてる。

全力《ぜんりょく》でステージを楽《たの》しんでいる笑顔《えがお》も、やっぱり素敵《すてき》で。

いろいろあったけど、もう二度《にど》と海留《かいる》さんと話《はな》せないなんて、ちょっと寂《さび》しいな。

二曲目《にきょくめ》になると、ハニトラは歌《うた》いながらランウェイに出《で》てきた。

ステージよりも近《ちか》い距離《きょり》にハニトラが来《き》て、さらに会場《かいじょう》が沸《わ》いた。

見上《みあ》げたすぐそこに、本物《ほんもの》のハニトラがいるんだから、うれしいよね！

ランウェイの先《さき》まで進《すす》むと、メンバーはそのまま右《みぎ》と左《ひだり》に分《わ》かれて、手《て》を伸《の》ばす観客《かんきゃく》にタッチしている。

メンバーが客席《きゃくせき》に向《む》かって手《て》を振《ふ》るたびに、キャーッと歓声《かんせい》が上《あ》がる。

この熱気《ねっき》、すごい！

観客《かんきゃく》が持《も》っているペンライトが、曲《きょく》に合《あ》わせて揺《ゆ》れていて、観客《かんきゃく》の心《こころ》はハニトラと一《ひと》つになっていた。

二曲《にきょく》を歌《うた》い終《お》えて、ハニトラがステージから姿《すがた》を消《け》すと、少《すこ》しずつ会場《かいじょう》の空気《くうき》は静《しず》かになっていった。

「はぁー、やっぱりハニトラっていいよねっ☆　客席《きゃくせき》で見《み》たかったなぁ」

私《わたし》もハニトラのステージに興奮《こうふん》して、のどが渇《かわ》いちゃった。

お茶《ちゃ》を飲《の》もうと、通路《つうろ》の奥《おく》にある自販機《じはんき》に向《む》かうと、ちょうどステージを終《お》えたハニトラのメンバーたちがやってきた。

すごい！　ハニトラが全員集合《ぜんいんしゅうごう》してる！

メンバーは、ステージが終《お》わったあとのすがすがしい笑顔《えがお》で、歩《ある》きながら楽《たの》しそうに話《はな》している。

立《た》ち止《ど》まって見《み》とれていると、最後《さいご》に歩《ある》いてきた海留《かいる》さんと、バチッと目《め》が合《あ》った。

お疲《つか》れさまです、って言《い》おうとして、はっとなる。

……そういえば海留《かいる》さんとは、二度《にど》と話《はな》さない約束《やくそく》だったっけ。

私《わたし》はうつむきがちに、ハニトラのメンバーが歩《ある》いていくのを見《み》ていた。

けれど、海留《かいる》さんが私《わたし》の前《まえ》を通《とお》り過《す》ぎたその時《とき》、

「ショコラちゃん、またね」

「！」

やっと聞《き》き取《と》れるくらいの小《ち》さな声《こえ》が聞《き》こえて、顔《かお》を上《あ》げる。

海留《かいる》さんはウインクをして、通《とお》り過《す》ぎていった。

あれ？

またねって、どういう意味《いみ》……？

あんなことがあっても、まだ海留《かいる》さんの言葉《ことば》にドキドキしてしまう自分《じぶん》に、ちょっと戸《と》惑《まど》った。

四時《よじ》を回《まわ》って本番《ほんばん》が近《ちか》づいてきた頃《ころ》、私《わたし》たちは休憩《きゅうけい》しながら、モニターでステージの様《よう》子《す》を見《み》ていた。

「続《つづ》きまして、十月《じゅうがつ》から始《はじ》まるドラマ、『桜色《さくらいろ》の約束《やくそく》』のスペシャルステージです！　なんと今回《こんかい》、人気《にんき》ブランドRipple《リップル》とコラボした、オリジナルT《ティー》シャツができました！　みなさん、そちらにも注目《ちゅうもく》ですよ！」

司会《しかい》の明《あか》るい声《こえ》が響《ひび》くと、会場《かいじょう》にはドラマの主題歌《しゅだいか》らしい、女性《じょせい》ボーカルのせつなげで優《やさ》しい曲《きょく》が流《なが》れはじめた。

スクリーンには、『桜色《さくらいろ》の約束《やくそく》』×Ripple《リップル》というテロップとともに、翔真《しょうま》とチコのドラマ版《ばん》の映像《えいぞう》が映《うつ》し出《だ》される。

そしてステージに、ピンクのコラボT《ティー》シャツを着《き》た海留《かいる》さんと愛《あい》さんが出《で》てくると、会《かい》場《じょう》が一気《いっき》に沸《わ》いた。

さらに、スペシャルゲストとして登生《とうい》が現《あらわ》れて、ますます歓声《かんせい》が大《おお》きくなった。

「な、なんで登生《とうい》が出《で》てるのっ⁉　登生《とうい》はドラマには出《で》ないんでしょっ？」

美音《みおん》さんが、モニターに駆《か》けよって叫《さけ》んだ。

「コラボT《ティー》シャツの宣伝《せんでん》のために、スペシャルゲストとして呼《よ》ばれたんですよ」

「しかも、登生《とうい》と腕組《うでく》んで、許《ゆる》せないっ‼」

愛《あい》さんを真《ま》ん中《なか》にして、海留《かいる》さんと登生《とうい》は三人《さんにん》で腕《うで》を組《く》んでランウェイを歩《ある》いてる。

楽《たの》しそうに笑《わら》っている愛《あい》さんを見《み》てると、私《わたし》も胸《むね》がチクチクするよ。

「悔《くや》しいけど、かなり盛《も》り上《あ》がってるよっ！　たいしたウォーキングでもないのにっ」

ギュッと唇《くちびる》をかんだ美音《みおん》さんに、亜蓮《あれん》くんはあきれていた。

「ハニトラの海留《かいる》さんに、人気女優《にんきじょゆう》の愛《あい》さん、Ripple《リップル》の登生《とうい》くんだよー？　出《で》てきただけで盛《も》り上《あ》がるでしょー」

「わかってるけどっ！」

三人《さんにん》はランウェイの先《さき》まで来《く》ると、組《く》んでいた腕《うで》を離《はな》して、大歓声《だいかんせい》に手《て》を振《ふ》った。

そして、海留《かいる》さんが愛《あい》さんの肩《かた》を抱《だ》き寄《よ》せるポーズをとったから、会場《かいじょう》からきゃあっという声《こえ》が上《あ》がった。

ポーズを終《お》えて、海留《かいる》さんが右《みぎ》のランウェイに進《すす》みはじめると、急《きゅう》に愛《あい》さんが登生《とうい》の腕《うで》をぐいっと引《ひ》っ張《ぱ》って腕《うで》をからませると、ニコッと笑《わら》った。

「!?」

「な、何《なに》これっ!?」

わあっと盛《も》り上《あ》がった会場《かいじょう》とは反対《はんたい》に、私《わたし》と美音《みおん》さんは、大胆《だいたん》な愛《あい》さんのポージングに言葉《ことば》を失《うしな》った。

登生《とうい》はびっくりした顔《かお》をしてたけど、すぐにV《ブィ》サインを作《つく》ってポーズをとった。

「ランウェイの上《うえ》だからって、好《す》き放題《ほうだい》してーっ！」

悔《くや》しがる美音《みおん》さんの隣《となり》で、私《わたし》もハラハラしながら、モニターに映《うつ》る二人《ふたり》を目《め》で追《お》う。

愛《あい》さんって、こんな大胆《だいたん》なことをする人《ひと》だっけ……？

海留《かいる》さんも肩《かた》を抱《だ》いてたし、ステージの演出《えんしゅつ》っぽく見《み》えるけど、さっきの愛《あい》さんからは、これまでとちがう何《なに》かを感《かん》じた。

まるで登生《とうい》のことが好《す》きだっていうアピールに見《み》えて、心《こころ》が落《お》ち着《つ》かない。

三人《さんにん》は大歓声《だいかんせい》の中《なか》、左右《さゆう》に伸《の》びたランウェイの端《はし》まで歩《ある》ききると、中央《ちゅうおう》のステージに戻《もど》って、海留《かいる》さんと愛《あい》さんは司会《しかい》の人《ひと》と番組《ばんぐみ》について話《はな》しはじめた。

すると、一星《いっせい》さんが優雅《ゆうが》なしぐさで立《た》ち上《あ》がった。

「さぁ、いよいよ舞台袖《ぶたいそで》で待機《たいき》する時間《じかん》になりました。行《い》きましょうか」

その姿《すがた》を見《み》た美音《みおん》さんが、ぽつっと言《い》った。

「そういえば一星《いっせい》さん、今日《きょう》はいつもと服《ふく》の雰囲気《ふんいき》がちがうねっ？」

確《たし》かに、少《すこ》しワイド気味《ぎみ》な白《しろ》のパンツは、いつも一星《いっせい》さんが着《き》ている服《ふく》とはイメージがちがう。

「わかりますか？　今日《きょう》は特別《とくべつ》な日《ひ》ですからね。僕《ぼく》も気合《きあい》が入《はい》ってるんですよ」

一星《いっせい》さんの微笑《ほほえ》みは、いつ見《み》ても優雅《ゆうが》で完璧《かんぺき》だった。


舞台袖《ぶたいそで》に移動《いどう》して待機《たいき》していると、Ripple《リップル》のひとつ前《まえ》のブランドのモデルさんたちが、一人《ひとり》ずつステージへと出《で》ていくのが見《み》える。

ファッションショー用《よう》に、手《て》にはハートの形《かたち》をした風船《ふうせん》を持《も》って、頭《あたま》の上《うえ》に、花《はな》で飾《かざ》られた大《おお》きな飾《かざ》りをつけている人《ひと》もいる。


いよいよだ……！

どうしようもないくらい緊張《きんちょう》してきたよ！

何度《なんど》も深呼吸《しんこきゅう》してるけど、ドキドキしてる心臓《しんぞう》はちっとも落《お》ち着《つ》いてくれない。

「ショコラ、緊張《きんちょう》してるだろ？」

スペシャルステージから戻《もど》って、着替《きが》えた登生《とうい》がやってきて、からかうように言《い》った。

「もうダメ。心臓《しんぞう》がもたないよ。……どうして登生《とうい》は、そんなに平気《へいき》なの？」

「俺《おれ》、すっげーワクワクしてるんだ。ランウェイから見《み》る景色《けしき》はサイコーだから！」

「ランウェイからの景色《けしき》……？」

「ショコラも、しっかり目《め》を開《ひら》いて見《み》とけよ？　ランウェイを歩《ある》いたことある人《ひと》しか見《み》えない景色《けしき》が、そこにあるんだ」

登生《とうい》の瞳《ひとみ》から、ワクワクが伝《つた》わってくる。

「……私《わたし》にも、見《み》えるのかな」

「ああ。きっとな」

自信《じしん》を持《も》って言《い》ってくれた登生《とうい》の言葉《ことば》に、私《わたし》の中《なか》にも小《ちい》さな自信《じしん》が生《う》まれた。

すると、登生《とうい》はみんなの方《ほう》を向《む》いて、

「さぁ、みんな！　Ripple《リップル》のステージ、目一杯楽《めいっぱいたの》しんで、会場《かいじょう》をもっと盛《も》り上《あ》げてやろうぜ！　円陣《えんじん》を組《く》むから、みんな手《て》を出《だ》して」

「えー、ボクもやるのー？」

「当《あ》たり前《まえ》だろ。亜蓮《あれん》が欠《か》けたら意味《いみ》ないし」

亜蓮《あれん》くんは肩《かた》をすくめてみせたけど、ちゃんと手《て》を重《かさ》ねてくれた。

それを見《み》て登生《とうい》はニッと笑《わら》うと、

「行《い》くぜー、Ripple《リップル》！」

「おーっ！」

四人《よにん》の声《こえ》が見事《みごと》にそろって、私《わたし》たちは笑顔《えがお》になると、スタート位置《いち》へと進《すす》んだ。


アップテンポなBGM《ビージーエム》が流《なが》れはじめると、巨大《きょだい》スクリーンには、派手《はで》でポップな色合《いろあ》いの『Ripple《リップル》』のロゴが踊《おど》る。

そして、スタッフさんのゴーサインで、トップバッターの美音《みおん》さんがステージに出《で》ていった。

ステージの中央《ちゅうおう》に、スポットライトで照《て》らされた美音《みおん》さんの姿《すがた》が浮《う》き上《あ》がる。

スクリーンに『美音《みおん》』と紹介《しょうかい》されると、キャーッという女《おんな》の子《こ》たちの歓声《かんせい》が上《あ》がった。

美音《みおん》さんが堂々《どうどう》とランウェイへと歩《ある》き出《だ》すと、続《つづ》いて亜蓮《あれん》くんが出《で》ていった。

スクリーンに亜蓮《あれん》くんの名前《なまえ》が出《で》ると、美音《みおん》さんに負《ま》けないくらいの歓声《かんせい》が上《あ》がる。

亜蓮《あれん》くんの人気《にんき》もすごい！

どうしよう、私《わたし》みたいな無名《むめい》の新人《しんじん》モデルが出《で》たら、みんな誰《だれ》だろうって思《おも》うかな。

「ショコラ、楽《たの》しんでこいよ」

後《うし》ろに並《なら》んでいた登生《とうい》に肩《かた》を叩《たた》かれて、はっとなる。

そっか、ここまで来《き》たら楽《たの》しむしかないんだ。

美音《みおん》さんに教《おし》えてもらったウォーキングなら、きっと大丈夫《だいじょうぶ》。

大好《だいす》きなRipple《リップル》の服《ふく》を着《き》て、堂々《どうどう》とランウェイを歩《ある》いてこよう。

「次《つぎ》の人《ひと》、行《い》ってください」

スタッフさんに背中《せなか》を押《お》されて、私《わたし》は光《ひかり》のあふれるステージへと足《あし》を踏《ふ》み出《だ》した。

ステージに出《で》たとたん、大《おお》きな歓声《かんせい》と熱気《ねっき》に包《つつ》まれる。

ステージ中央《ちゅうおう》まで歩《ある》いていくと、そこで止《と》まって正面《しょうめん》を向《む》いて立《た》つ。

まぶしい！

さっきまで暗《くら》い舞台袖《ぶたいそで》にいたから、たくさんのライトに目《め》がくらみそう。

私《わたし》はまぶしい光《ひかり》の中《なか》で、前《まえ》を歩《ある》く亜蓮《あれん》くんの姿《すがた》を探《さが》した。

すると、いきなりわあっと会場《かいじょう》が盛《も》り上《あ》がったから、なんだろうって思《おも》ったら、スクリーンにショコラの名前《なまえ》が出《で》たみたいだった。

こんなに反応《はんのう》があるなんて！

驚《おどろ》きとうれしさでいっぱいになっていると、前《まえ》を歩《ある》く亜蓮《あれん》くんは、ランウェイの半分《はんぶん》を過《す》ぎるところだった。

もうスタートしなくちゃ！

私《わたし》はあわてて足《あし》を踏《ふ》み出《だ》す。

毎日練習《まいにちれんしゅう》していたおかげで、自然《しぜん》とモデルウォークになる。

まっすぐ続《つづ》いたランウェイの床《ゆか》には、ピンクや黄色《きいろ》、青色《あおいろ》をした星形《ほしがた》の模様《もよう》が映《うつ》し出《だ》されていて、すごくキレイ！

ステージの両端《りょうたん》に設置《せっち》されたレーザービームのようなスポットライトに照《て》らされながら、私《わたし》は一歩一歩《いっぽいっぽ》、長《なが》いランウェイを歩《ある》いていく。

横《よこ》から「ショコラちゃーん！」とか、「かわいー！」って声《こえ》が聞《き》こえてきて、うれしくなる。

会場《かいじょう》は大音量《だいおんりょう》のＢＧＭ《ビージーエム》と観客《かんきゃく》の歓声《かんせい》でいっぱいなのに、私《わたし》を応援《おうえん》してくれる声《こえ》は、驚《おどろ》くほどはっきりと耳《みみ》に届《とど》いた。

真《ま》っ暗《くら》な会場《かいじょう》の中《なか》、全身《ぜんしん》にまぶしいライトを受《う》けて、一歩《いっぽ》ずつ前《まえ》へ進《すす》んでいく。

緊張《きんちょう》は、だんだんと心地《ここち》よい胸《むね》のドキドキへと変《か》わっていく。

ランウェイを半分《はんぶん》すぎた頃《ころ》、客席《きゃくせき》からキャーッという歓声《かんせい》が上《あ》がった。

その盛《も》り上《あ》がり方《かた》がさっきまでと全然《ぜんぜん》ちがう。

登生《とうい》が出《で》てきたんだ！

やっぱり登生《とうい》はすごいな。

気《き》づけば、ランウェイの先《さき》まで来《き》ていた。

私《わたし》は腰《こし》に手《て》を当《あ》ててポーズをとると、持《も》っていたリンゴを頬《ほお》のところへ添《そ》えて、ウインクをした。

すると、三万人《さんまんにん》の観客《かんきゃく》が、わあっと歓声《かんせい》を上《あ》げてくれた。

すごい……！

これがJGC《ジェイジーシー》のランウェイなんだ！

暗《くら》い客席《きゃくせき》には、ペンライトの光《ひかり》が星《ほし》のようにきらめいて、私《わたし》を応援《おうえん》してくれてるみたいだった。

私《わたし》はそのまま左《ひだり》にのびたランウェイへと進《すす》む。

左側《ひだりがわ》のランウェイの先《さき》まで行《い》ってポーズをとってから、持《も》っていたリンゴを客席《きゃくせき》に向《む》かって投《な》げた。

キャーッという声《こえ》とともに、たくさんの手《て》が伸《の》びてきて、髪《かみ》の長《なが》い女《おんな》の人《ひと》がキャッチした。

それを見《み》て、ターンをすると、右側《みぎがわ》のランウェイに向《む》かってまっすぐに歩《ある》きはじめた。

向《む》こうから戻《もど》ってきた美音《みおん》さんと目《め》が合《あ》い、お互《たが》い笑顔《えがお》になる。

そして、ステージへと帰《かえ》る道《みち》を歩《ある》きはじめた時《とき》だった。

なぜか会場《かいじょう》がざわつきだして、ふと前《まえ》を見《み》ると、シルバーのダウンジャケットを着《き》た、背《せ》の高《たか》い男《おとこ》の人《ひと》がランウェイを歩《ある》きはじめていた。

あれ？　誰《だれ》……？

フードを深《ふか》くかぶってるし、サングラスをしてうつむいてるから、顔《かお》が全《まった》く見《み》えない。

すれちがっても誰《だれ》かわからなくて、会場《かいじょう》のざわめきも、どんどん大《おお》きくなる。

次《つぎ》の瞬間《しゅんかん》、今日《きょう》一番《いちばん》の大歓声《だいかんせい》が会場《かいじょう》を包《つつ》んだ。

はっとして目《め》の前《まえ》の巨大《きょだい》スクリーンを見上《みあ》げると、「SPECIAL《スペシャル》 GUEST《ゲスト》　篠宮一星《しのみやいっせい》」というテロップと、一星《いっせい》さんのアップが映《うつ》し出《だ》されていた。

「一星《いっせい》さん⁉」

私《わたし》はランウェイにいることも忘《わす》れて、思《おも》わず振《ふ》り返《かえ》ってしまった。

フードを取《と》った一星《いっせい》さんは、ランウェイの先《さき》で、大歓声《だいかんせい》に手《て》を振《ふ》って応《こた》えていた。

会場《かいじょう》は、悲鳴《ひめい》に近《ちか》いような歓声《かんせい》や、一星《いっせい》さんの名前《なまえ》を呼《よ》ぶ声《こえ》でいっぱいになった。

前《まえ》を歩《ある》いていた亜蓮《あれん》くんも、足《あし》を止《と》めて、振《ふ》り返《かえ》っている。

引退《いんたい》した伝説《でんせつ》のカリスマモデル、一星《いっせい》さんが突然《とつぜん》ランウェイに現《あらわ》れたから、Ripple《リップル》のステージは今日一番《きょういちばん》の盛《も》り上《あ》がりをみせた。

ステージから舞台袖《ぶたいそで》へと戻《もど》ると、安心《あんしん》して、へなっとしゃがみこんだ。

「ショコラちゃん、気《き》を抜《ぬ》かないでっ！　最後《さいご》にもう一度《いちど》モデルのみんなでランウェイを歩《ある》くんだからっ」

美音《みおん》さんの厳《きび》しい声《こえ》が飛《と》ぶ。

「あっ、ごめんなさい！」

あわてて立《た》ち上《あ》がった私《わたし》に、美音《みおん》さんはぼそっと言《い》った。

「まだまだだけど、一応見《いちおうみ》られるくらいには、なってたんじゃない？」

「え？」

それだけ言《い》って、美音《みおん》さんは、ついっとあっちを向《む》いた。

もしかして今《いま》、ちょっとほめてくれたのかな？

なんだかうれしくなって、笑顔《えがお》になった。

「一星《いっせい》さんが盛《も》り上《あ》げてくれたところで、フィナーレだな！　全員《ぜんいん》でランウェイに出《で》ようぜ！」

私《わたし》たちはもう一度《いちど》まぶしい光《ひかり》のステージへと出《で》た。

次《つぎ》は男女《だんじょ》ペアのウォーキング。美音《みおん》さんと亜蓮《あれん》くん、登生《とうい》と私《わたし》で並《なら》んだあとに、一星《いっせい》さんが続《つづ》いた。

隣《となり》に登生《とうい》がいると、自然《しぜん》と笑顔《えがお》になれる。

登生《とうい》は歩《ある》きながら、客席《きゃくせき》に向《む》かって、手《て》を振《ふ》ったり、声《こえ》をかけたりしてる。

そんな姿《すがた》を見《み》てたら、ちゃんとウォーキングするより、自分《じぶん》も楽《たの》しんじゃおうって気持《きも》ちになってきて、自然《しぜん》と足取《あしど》りが軽《かる》くなる。

「ショコラちゃーん！」

客席《きゃくせき》から聞《き》こえてきた声《こえ》に、手《て》を振《ふ》り返《かえ》してみた。

すると、さらにいろんな場所《ばしょ》から名前《なまえ》を呼《よ》ばれて、私《わたし》は次々《つぎつぎ》と声援《せいえん》に応《こた》えていった。

ランウェイの先《さき》が近《ちか》づいてきたけど、そういえば、登生《とうい》とどんなポーズをするか決《き》めてなかったよ！

どうしよう、と思《おも》った瞬間《しゅんかん》、登生《とうい》がいきなり私《わたし》の肩《かた》を引《ひ》き寄《よ》せて、V《ブイ》サインをしたから、胸《むね》がドキッとなる。

うれしいけど、こんな大勢《おおぜい》の観客《かんきゃく》の前《まえ》で、いいの!?

客席《きゃくせき》からは、きゃあっという声《こえ》が聞《き》こえてきたけど、みんな演出《えんしゅつ》だって思《おも》ってるよね？

会場《かいじょう》をうめつくすペンライトも、ミラーボールも、色《いろ》とりどりの照明《しょうめい》も、登生《とうい》が隣《となり》にいると、すべてがキラキラに輝《かがや》いて見《み》えるよ。

ランウェイの帰《かえ》り道《みち》を歩《ある》く頃《ころ》には、この時間《じかん》を一秒《いちびょう》でも長《なが》く味《あじ》わっていたいと思《おも》えたんだ。

Japan

10 それぞれの恋《こい》

「お疲《つか》れ！　Ripple《リップル》、サイコーだな!!」

控《ひか》え室《しつ》に戻《もど》ると、登生《とうい》がいつも以上《いじょう》に高《たか》いテンションで、ガッツポーズをした。

美音《みおん》さんは、シルバーのダウンを着《き》た一星《いっせい》さんに言《い》った。

「一星《いっせい》さん、どーしてランウェイ歩《ある》くことナイショにしてたのっ？　美音《みおん》、びっくりしすぎて転《ころ》びそうだったよっ！」

「JGC《ジェイジーシー》にはサプライズがないと。一人《ひとり》でも多《おお》くの人《ひと》を驚《おどろ》かせたかったんです」

一星《いっせい》さんはいたずらっぽく笑《わら》った。

「ボクだって、一星《いっせい》さんがランウェイ歩《ある》くなら、ちゃんと見《み》たかったのにー。損《そん》した気《き》分《ぶん》」

一星《いっせい》さんにあこがれている亜蓮《あれん》くんも、むくれて言《い》った。

「登生《とうい》は知《し》ってたの？」

「俺《おれ》は親父《おやじ》からこっそり聞《き》いてた。いい作戦《さくせん》だから黙《だま》ってたけど、大成功《だいせいこう》だったな。さすが、伝説《でんせつ》のカリスマモデル！」

「僕《ぼく》は不意《ふい》打《う》ちだったから驚《おどろ》かれただけですよ。皆《みな》さんだけでも、十分《じゅうぶん》に会場《かいじょう》は盛《も》り上《あ》がっていましたから。僕《ぼく》は今日《きょう》、皆《みな》さんへの大歓声《だいかんせい》を聞《き》いて、これからがもっと楽《たの》しみになりました」

一星《いっせい》さんのねぎらいの言葉《ことば》に、みんなにも笑顔《えがお》が広《ひろ》がる。

「さて、無事《ぶじ》ステージも終《お》わったし、もう着替《きが》えるか」

「あっ、美音《みおん》、このあとの『BABY PINK《ベイビーピンク》』のライブステージ見《み》たいんだ！　関係者席《かんけいしゃせき》から見《み》にいっちゃおっと！」

そう言《い》って、美音《みおん》さんはバタバタと行《い》ってしまった。

「さーて、今日《きょう》のJGC《ジェイジーシー》のこと、さっそくツイッターやインスタにアップしなきゃねー。もうちょっと写真撮《しゃしんと》っておこーかな」

亜蓮《あれん》くんもご機嫌《きげん》でスマホをいじりながら、写真《しゃしん》を撮《と》りにいってしまった。

クールに振《ふ》る舞《ま》ってるけど、亜蓮《あれん》くんの心《こころ》の中《なか》にも、大《おお》きな感動《かんどう》が残《のこ》ったみたい。

私《わたし》も亜蓮《あれん》くんも、初《はつ》のＪＧＣ《ジェイジーシー》を大成功《だいせいこう》に終《お》えたんだもんね！

くすっと笑《わら》っていると、登生《とうい》に近《ちか》づいてきた人物《じんぶつ》にハッとなる。

「登生《とうい》くん、お疲《つか》れさま。素敵《すてき》なステージだったね」

私服《しふく》に着替《きが》えた愛《あい》さんがやってきて、登生《とうい》に声《こえ》をかけた。

「モニターから見《み》てたけど、Ripple《リップル》のステージ、すごく盛《も》り上《あ》がってたね。いきなり一星《いっせい》さんが出《で》てきたから、ビックリしたけど……」

「すごいサプライズだろ？　俺《おれ》もまだまだ一星《いっせい》さんにはかなわねーなって思《おも》ったよ」

「……そんなことないよ。一星《いっせい》さんにはびっくりしたけど、私《わたし》には、登生《とうい》くんが一番輝《いちばんかがや》いて見《み》えたから」

「！」

登生《とうい》と私《わたし》は、はっとして愛《あい》さんを見《み》た。

こんなに堂々《どうどう》とアピールするなんて、やっぱり今日《きょう》の愛《あい》さんは、いつもとちがう。

なんだか居心地《いごこち》が悪《わる》くなってきて、別《べつ》の場所《ばしょ》に移動《いどう》しようかと思《おも》った時《とき》だった。

いきなり登生《とうい》が私《わたし》に近《ちか》づいて、ぐいっと肩《かた》を抱《だ》き寄《よ》せた。

「ステージが成功《せいこう》したのはみんなの力《ちから》だよ。……そして、もし俺《おれ》がいいパフォーマンスができたなら、それはショコラのおかげだ」

頭《あたま》の上《うえ》から聞《き》こえた登生《とうい》の言葉《ことば》に、ドキンと胸《むね》が鳴《な》った。

「ショコラは俺《おれ》に、120%《パーセント》の力《ちから》を出《だ》させてくれるから」

そう言《い》って笑《わら》ってくれたから、私《わたし》もうれしくなる。

「登生《とうい》くん……」

愛《あい》さんはしばらく私《わたし》たちを見《み》つめていたけど、そこに一星《いっせい》さんが登生《とうい》を呼《よ》びにきた。

「登生《とうい》くん、これからインタビューがありますので、一緒《いっしょ》に行《い》きましょう」

「わかった。すぐに行《い》くよ。じゃ、また後《あと》でな！」

登生《とうい》は笑《わら》いながら一星《いっせい》さんと行《い》ってしまって、そこには私《わたし》と愛《あい》さんが残《のこ》った。

なんとなく気《き》まずく感《かん》じていると、愛《あい》さんが口《くち》を開《ひら》いた。

「ショコラさん、とても素敵《すてき》でした」

思《おも》ってもなかった言葉《ことば》にはっとして、私《わたし》は目《め》の前《まえ》の愛《あい》さんをじっと見《み》つめた。

「モデルを始《はじ》めて間《ま》もないって聞《き》いたのに、あんなに堂々《どうどう》とかっこよくランウェイを歩《ある》けるなんて、すごいです」

「そんな！　練習《れんしゅう》してなんとかランウェイを歩《ある》いてこれたけど、いつも失敗《しっぱい》ばっかりで」

あわてて手《て》を振《ふ》った私《わたし》に、愛《あい》さんは、微笑《ほほえ》んで言《い》った。

「ショコラさんは強《つよ》いんですね。……だから、登生《とうい》くんはショコラさんのことが好《す》きなんだろうな」

「え？」

「私《わたし》、登生《とうい》くんに告白《こくはく》したけど、ふられたんです。今《いま》、自分《じぶん》の隣《となり》にいてほしいのは、守《まも》ってあげたい女《おんな》の子《こ》じゃなくて、一緒《いっしょ》に輝《かがや》ける女《おんな》の子《こ》だからって」

「登生《とうい》が……？」

一緒《いっしょ》に輝《かがや》ける女《おんな》の子《こ》って、私《わたし》のことを言《い》ってくれてるの？

「映画《えいが》の撮影《さつえい》をしてた頃《ころ》、過呼吸《かこきゅう》の発作《ほっさ》が出《で》るたびに、登生《とうい》くんが優《やさ》しくしてくれてうれしかった。ずっと守《まも》ってもらいたかった。けど、それじゃダメなんです。私《わたし》もショコラさんみたいに、自分《じぶん》の足《あし》でしっかり立《た》っていられる強《つよ》い人《ひと》になって、登生《とうい》くんと一緒《いっしょ》に輝《かがや》きたい」

愛《あい》さんはそんなふうに言《い》ってくれたけど。

「……私《わたし》だって、そんなに強《つよ》くないです」

いつも不安《ふあん》ばかりで、登生《とうい》を信《しん》じる気持《きも》ちはすぐに弱《よわ》くなってしまう。

すると、愛《あい》さんは、ぎゅっと唇《くちびる》をかんで苦《くる》しそうに言《い》った。

「でも……、ごめんなさい。私《わたし》、登生《とうい》くんが好《す》きなんです。自分《じぶん》でもどうしようもないくらい」

言《い》いながら、瞳《ひとみ》に涙《なみだ》をにじませた。

「私《わたし》じゃない人《ひと》を好《す》きだってわかってても、好《す》きなんです」

愛《あい》さんの言葉《ことば》にはっとなる。

……それは、ここあの私《わたし》も同《おな》じだよ。

登生《とうい》はショコラのことが好《す》きだってわかってても、あきらめられない。

私《わたし》だって、ショコラになって、恋人気分《こいびときぶん》を味《あじ》わってるだけだから。

「……その気持《きも》ち、すごくわかる」

つい口《くち》から出《で》てしまった言葉《ことば》に、はっとなる。

「え？」

愛《あい》さんは一瞬《いっしゅん》、理解《りかい》できないっていう顔《かお》をしたから、

「ええっと、前《まえ》にそういう恋《こい》をしたことがあって……、その気持《きも》ちはわかります」

愛《あい》さんは、寂《さび》しげに笑《わら》った。

「ショコラさんは優《やさ》しいですね。ライバルの私《わたし》の気持《きも》ちまで受《う》け止《と》めてくれて……。だけど私《わたし》、これからも登生《とうい》くんのこと想《おも》い続《つづ》けると思《おも》います。それだけは言《い》っておきたくて」

そうして愛《あい》さんは、ぺこっと頭《あたま》を下《さ》げて行《い》ってしまった。

その後《うし》ろ姿《すがた》に、私《わたし》は小《ちい》さくつぶやいた。

「私《わたし》も、一緒《いっしょ》だよ。……かなわないってわかってても、それでも登生《とうい》が好《す》きだから」

そのあともＪＧＣ《ジェイジーシー》はずっと続《つづ》いて、私《わたし》たちは軽《かる》く何《なに》かを食《た》べたり、時《とき》にはステージを見《み》にいったりしながら、夜《よる》の九時《くじ》を過《す》ぎた頃《ころ》、すべてのステージが終《お》わった。

「あー、疲《つか》れたけど、サイコーに楽《たの》しかったたっ☆　登生《とうい》、このあとご飯《はん》食《た》べに行《い》かない？」

「そうだな、みんなで打《う》ち上《あ》げいくか？」

「ボクもいこーかな」

「えーっ。美音《みおん》は登生《とうい》と二人《ふたり》だけでいいんだけどっ。ほら、ショコラちゃんは早《はや》く帰《かえ》らなくちゃいけないんでしょっ？　家《いえ》も遠《とお》いし？」

その瞳《ひとみ》から、邪魔《じゃま》しないでってって雰囲気《ふんいき》がびりびりと伝《つた》わってきて、すっかりいつもの美《み》音《おん》さんに戻《もど》ってた。

「そうですね……」

確《たし》かに、この後《あと》ここあに戻《もど》って、ママと一緒《いっしょ》に帰《かえ》らないといけないんだけどね……。

メイクチームは、てきぱきと片《かた》づけを始《はじ》めていて、もう少《すこ》ししたらママから電話《でんわ》がかかってきそう。

そろそろ戻《もど》らなきゃね。

「じゃあ、私《わたし》、帰《かえ》ります」

「ショコラちゃん、バイバーイ☆」

「じゃ、俺《おれ》、駅《えき》まで送《おく》っていくよ」

うわ、駅《えき》まで行《い》ったら、ママと会《あ》えなくなっちゃうよ！

私《わたし》はあわてて付《つ》け加《くわ》えた。

「えっと、実《じつ》は今日《きょう》、友達《ともだち》がＪＧＣ《ジェイジーシー》に来《き》てて、帰《かえ》りはその子《こ》と一緒《いっしょ》に帰《かえ》るんだ」

「……そっか。じゃあ、下《した》まで一緒《いっしょ》に行《い》くよ」

「うん」

最近《さいきん》の私《わたし》、とっさにごまかすのが、うまくなったよね……。

私《わたし》と登生《とうい》は、関係者出入《かんけいしゃでい》り口《ぐち》から外《そと》へ出《で》た。

会場《かいじょう》の外《そと》は、まだ多《おお》くの観客《かんきゃく》の声《こえ》でにぎわってる。

私《わたし》たちは出入《でい》り口《ぐち》から離《はな》れた、人気《ひとけ》の少《すく》ない植《う》え込《こ》みのあたりに来《き》た。

「ショコラ、今日《きょう》はお疲《つか》れさま。サイコーのステージになったな！」

「登生《とうい》、ありがとう。ランウェイから見《み》た景色《けしき》と感動《かんどう》は、一生《いっしょう》の思《おも》い出《で》だよ。あんな大歓《だいかん》
声《せい》の中《なか》に立《た》ったのは、生《う》まれて初《はじ》めてだったし」

「一生《いっしょう》の思《おも》い出《で》にすんなよ。来年《らいねん》も一緒《いっしょ》に出《で》ようような」

「……うん！」

「俺《おれ》、何回《なんかい》もＪＧＣ《ジェイジーシー》に出《で》てるけど、こんなに興奮《こうふん》して、楽《たの》しかったのは初《はじ》めてかもしれない。今《いま》もまだ、テンションが上《あ》がったまま、冷《さ》めないいんだ。……たぶん、それはショコラが隣《となり》にいたからだ」

「登生《とうい》……」

優《やさ》しい瞳《ひとみ》に見《み》つめられて、思《おも》わず赤《あか》くなってしまう。

すると、ピロンとラインの着信音《ちゃくしんおん》が鳴《な》った。

ママも仕事《しごと》が終《お》わったから、もうすぐ正面玄関《しょうめんげんかん》に来《く》るみたい。

「……待《ま》ち合《あ》わせしてる友達《ともだち》から？」

「あ、うん」

すると登生《とうい》は、言《い》いにくそうに切《き》り出《だ》した。

「友達《ともだち》って、女《おんな》の子《こ》だよな？」

「えっ、そうだよ」

女《おんな》の子《こ》っていうか……、ママなんだけどね。

「ごめん、ショコラのこと信《しん》じてるけど……。海留《かいる》さんのこともあって、最近《さいきん》ショコラに男《おとこ》が近《ちか》づくと、心配《しんぱい》になる」

「登生《とうい》も、不安《ふあん》になったりするんだね？」

「なるよ。……だからさ」

すると、登生《とうい》は私《わたし》の頭《あたま》を抱《かか》えこんで引《ひ》き寄《よ》せた。

「！」

一瞬《いっしゅん》、額《ひたい》に柔《やわ》らかいものが触《ふ》れた気《き》がした。

今《いま》おでこにキスされた？

おでこに触《ふ》れながら、赤《あか》くなって登生《とうい》を見上《みあ》げると、

「そうやって、俺《おれ》だけ見《み》てろよ」

「……うん」

私《わたし》はしばらく登生《とうい》を見《み》つめたまま、夢見心地《ゆめみごこち》にうなずいた。

ちぇるし〜に、ここあの姿《すがた》に戻《もど》してもらうと、私《わたし》は会場《かいじょう》の前《まえ》の広場《ひろば》でママを待《ま》っていた。

まだたくさんの人《ひと》が、はしゃぎながら写真《しゃしん》を撮《と》ったり話《はな》したりしていて、興奮《こうふん》がおさまらない様子《ようす》でいる。

「ここあ、すてきなステージだったね！　JGC《ジェイジーシー》のランウエイも歩《ある》いて、ここあはモデルとして、またひとつ、ステップアップしたよね！」

「今回《こんかい》は美音《みおん》さんのおかげで、堂々《どうどう》とランウェイを歩《ある》けたよ。美音《みおん》さんがいなかったら、きっと恥《は》ずかしい思《おも》いしてた」

「Ripple《リップル》のメンバーとの絆《きずな》も深《ふか》まって、これからますます楽《たの》しみだね！　けど、愛《あい》さんのことは大丈夫《だいじょうぶ》？　さっきのって、ショコラに対《たい》するライバル宣言《せんげん》……、でしょ？」

「……私《わたし》ね、振《ふ》り向《む》いてくれなくても、好《す》きっていう愛《あい》さんの気持《きも》ち、すごくわかるの。私《わたし》だって同《おな》じだもん。でも、好《す》きになる気持《きも》ちは、誰《だれ》にも止《と》められないから」

「ここあ……」

愛《あい》さんも、ここあの私《わたし》も、美音《みおん》さんも。みんな同《おな》じ気持《きも》ちを抱《かか》えてる。

……私《わたし》たち、これから一体《いったい》どうなっていくんだろう。

胸《むね》にぼんやりとした不安《ふあん》が広《ひろ》がって、私《わたし》は右手《みぎて》の薬指《くすりゆび》にはめていたアクアマリンの指輪《ゆびわ》にそっと触《ふ》れた。

「ホントはね、誰《だれ》が登生《とうい》のことを好《す》きでも、私《わたし》がちゃんと登生《とうい》のことを信《しん》じていればいいんだよ。だけど……、信《しん》じるってすごく難《むずか》しいんだ。ちょっとしたことで不安《ふあん》になったり、相手《あいて》のこと疑《うたが》っちゃったりして。ダメだよね」

「不安《ふあん》になるのは、誰《だれ》だって同《おな》じだよ。けど二人《ふたり》を見《み》てるとね、一《ひと》つ一《ひと》つ困難《こんなん》を乗《の》り越《こ》えるたびに、絆《きずな》が深《ふか》まってる気《き》がするんだ。……だから、きっと二人《ふたり》は大丈夫《だいじょうぶ》。自信《じしん》を持《も》って！　ちぇるし～は、いつもここあを見守《みまも》ってるから！」

「ちぇるし～、ありがとう！」

ときどき不安《ふあん》になるけど、やっぱり登生《とうい》のことが好《す》きだから。

もうちょっとショコラとして、好《す》きでいてもいいよね？

星空《ほしぞら》に右手《みぎて》をかざすと、星《ほし》と一緒《いっしょ》に、指輪《ゆびわ》のアクアマリンがきらりと輝《かがや》いた。

《おわり☆》

Shogakukan Junior Bunko

★小学館ジュニア文庫★
ゆめ☆かわ ここあのコスメボックス
恋のライバルとファッションショー

2018年 7 月 4 日　初版第 1 刷発行

著者／伊集院くれあ
イラスト／池田春香

発行人／立川義剛
編集人／吉田憲生
編集／山口久美子

発行所／株式会社　小学館
〒101-8001　東京都千代田区一ツ橋２－３－１
電話　編集　03-3230-5105
販売　03-5281-3555

印刷・製本／加藤製版印刷株式会社

デザイン／積山友美子+ベイブリッジ・スタジオ

Printed in Japan　ISBN 978-4-09-231242-5

★「小学館ジュニア文庫」を読んでいるみなさんへ★

この本《ほん》の背《せ》にあるクローバーのマークに気《き》がつきましたか？

オレンジ、緑《みどり》、青《あお》、赤《あか》に彩《いろど》られた四《よ》つ葉《ば》のクローバー。これは、小学館《しょうがくかん》ジュニア文庫《ぶんこ》のマークです。そして、それぞれの葉《は》の色《いろ》には、私《わたし》たちがジュニア文庫《ぶんこ》を刊行《かんこう》していく上《うえ》で、みなさんに伝《つた》えていきたいこと、私《わたし》たちの大切《たいせつ》な思《おも》いがこめられています。

オレンジは愛《あい》。家族《かぞく》、友達《ともだち》、恋人《こいびと》。みなさんの大切《たいせつ》な人《ひと》たちを思《おも》う気持《きも》ち。まるでオレンジ色《いろ》の太陽《たいよう》の日差《ひざ》しのように心《こころ》を暖《あたた》かにする、人《ひと》を愛《あい》する気持《きも》ち。

緑《みどり》はやさしさ。困《こま》っている人《ひと》や立場《たちば》の弱《よわ》い人《ひと》、小《ちい》さな動物《どうぶつ》の命《いのち》に手《て》をさしのべるやさしさ。緑《みどり》の森《もり》は、多《おお》くの木々《きぎ》や花々《はなばな》、そこに生《い》きる動物《どうぶつ》をやさしく包《つつ》み込《こ》みます。

青《あお》は想像力《そうぞうりょく》。芸術《げいじゅつ》や新《あたら》しいものを生《う》み出《だ》していく力《ちから》。立場《たちば》や考《かんが》え方《かた》、国籍《こくせき》、自分《じぶん》とは違《ちが》う人《ひと》たちの気持《きも》ちを思《おも》い、協力《きょうりょく》しあうことも想像《そうぞう》の力《ちから》です。人間《にんげん》の想像力《そうぞうりょく》は無限《むげん》の広《ひろ》がりを持《も》っています。まるで、どこまでも続《つづ》く、澄《す》みきった青《あお》い空《そら》のようです。

赤《あか》は勇気《ゆうき》。強《つよ》いものに立《た》ち向《む》かい、間違《まちが》ったことをただす気持《きも》ち。くじけそうな自分《じぶん》の弱《よわ》い気持《きも》ちに立《た》ち向《む》かうことも大《おお》きな勇気《ゆうき》です。まさにそれは、赤《あか》い炎《ほのお》のように熱《あつ》く燃《も》え上《あ》がる心《こころ》。

四《よ》つ葉《ば》のクローバーは幸《しあわ》せの象徴《しょうちょう》です。愛《あい》、やさしさ、想像力《そうぞうりょく》、勇気《ゆうき》は、みなさんが未来《みらい》を切《き》りひらき、幸《しあわ》せで豊《ゆた》かな人生《じんせい》を送《おく》るためにすべて必要《ひつよう》なものです。

体《からだ》を成長《せいちょう》させていくために、栄養《えいよう》のある食《た》べ物《もの》が必要《ひつよう》なように、心《こころ》を育《そだ》てていくためには読書《どくしょ》がかかせません。みなさんの心《こころ》を豊《ゆた》かにしていく本《ほん》を一冊《さつ》でも多《おお》く出《だ》したい。それが私《わたし》たちジュニア文庫編集部《ぶんこへんしゅうぶ》の願《ねが》いです。

みなさんのこれからの人生《じんせい》には、困《こま》ったこと、悲《かな》しいこと、自分《じぶん》の思《おも》うようにいかないことも待《ま》ち受《う》けているかもしれません。どうか「本《ほん》」を大切《たいせつ》な友達《ともだち》にしてください。どんな時《とき》でも「本《ほん》」はあなたの味方《みかた》です。そして困難《こんなん》に打《う》ち勝《か》つヒントをたくさん与《あた》えてくれるでしょう。みなさんが「本《ほん》」を通《つう》じ素敵《すてき》な大人《おとな》になり、幸《しあわ》せで実《みの》り多《おお》い人生《じんせい》を歩《あゆ》むことを心《こころ》より願《ねが》っています。

小学館ジュニア文庫編集部

★小学館ジュニア文庫★ ワクワク、ドキドキがいっぱいのラインナップ

〈ジュニア文庫でしか読めないオリジナル〉

さくら×ドロップ　レシピ1：チーズハンバーグ
ちえり×ドロップ　レシピ1：マカロニグラタン
みさと×ドロップ　レシピ1：チェリーパイ
ミラチェンタイム☆ミラクルらみぃ
メデタシエンド。〜ミッションはおとぎ話のお姫さま……のメイド役!?〜
メデタシエンド。〜ミッションはおとぎ話の赤ずきん……の猟師役!?〜
もしも私が【星月ヒカリ】だったら。
ゆめ☆かわ　ここあのコスメボックス
ゆめ☆かわ　ここあのコスメボックス　ヒミツの恋とナイショのモデル

夢は牛のお医者さん
螺旋のプリンセス

〈思わずうるうる…感動ストーリー〉

きみの声を聞かせて　猫たちのものがたり—まぐ・ミクロ・まる—
こむぎといつまでも—余命宣告を乗り越えた奇跡の猫ものがたり—
天国の犬ものがたり〜ずっと一緒〜
天国の犬ものがたり〜わすれないで〜
天国の犬ものがたり〜未来〜
天国の犬ものがたり〜夢のバトン〜
天国の犬ものがたり〜ありがとう〜
天国の犬ものがたり〜天使の名前〜
天国の犬ものがたり〜僕の魔法〜
天国の犬ものがたり〜笑顔をあげに〜

動物たちのお医者さん
わさびちゃんとひまわりの季節

〈発見いっぱい！　海外のジュニア小説〉

シャドウ・チルドレン1　絶対に見つかってはいけない
シャドウ・チルドレン2　絶対にだまされてはいけない